Arno Surminski

Die Vogelwelt von Auschwitz

Arno Surminski

Die Vogelwelt von Auschwitz

Eine Novelle

Langen*Müller*

Besuchen Sie uns im Internet unter:
www.langen-mueller-verlag.de

1. Auflage Januar 2008
2. Auflage März 2008

© 2008 Langen*Müller*
in der F. A. Herbig Verlagsbuchhandlung GmbH, München
Alle Rechte vorbehalten
Umschlaggestaltung: Wolfgang Heinzel
Umschlagfoto: getty-images, München
Herstellung und Satz: VerlagsService Dr. Helmut Neuberger
& Karl Schaumann GmbH, Heimstetten
Gesetzt aus der 10,75/14,5 GaramondBQ-Regular
Druck und Binden: GGP Media GmbH, Pößneck
Printed in Germany
ISBN 978-3-7844-3126-0

Um Böses zu tun, muss der Mensch es
zuallererst als Gutes begreifen.

Alexander Solschenizyn

Während des Zweiten Weltkrieges erschien in einer wissenschaftlichen Zeitschrift in Wien ein Aufsatz mit dem Titel »Beobachtungen über die Vogelwelt von Auschwitz«.

Der Autor, ein Biologe, hatte als SS-Wachmann im KZ Auschwitz von 1940 bis Ende 1941 Dienst geleistet und dort die Vogelfauna erforscht, um darüber eine wissenschaftliche Arbeit zu schreiben. Der Titel dieser Novelle ist jenem Aufsatz entlehnt, die Personen, ihre Gedanken und Träume sind frei erfunden, die Welt, in der es geschah, war real.

1.

In der alten Königsstadt am Ufer der Weichsel lebte in der Mitte des 20. Jahrhunderts ein Mensch namens Marek Rogalski, den kriegerische Umstände in ein Gefangenenlager gebracht hatten. Diese Umstände begannen in den Septembertagen des Jahres 39; niemand wusste zu sagen, wie lange sie andauern würden. Marek Rogalski war jung an Jahren und gehörte in die Hörsäle der Kunst und der Wissenschaften, doch die erwähnten Umstände hatten seinen Studien ein plötzliches Ende gesetzt.

Er wusste nicht, warum sie ihn festhielten. Die alte Gewohnheit, Menschen in Gewahrsam zu nehmen oder gar zu töten, wenn sie Böses getan hatten und zu besorgen war, dass sie es weiter tun würden, reichte der neuen Zeit nicht. In jenem Krieg, der in Europa wütete, verfielen sie darauf, Menschen in Verwahrung zu nehmen, nur weil sie einem bestimmten Volk, einer Klasse, einer Rasse angehörten. Oft genügte es, denken zu können. Letzteres war Marek Rogalski zum Verhängnis geworden.

Das Lager befand sich zwischen den Flüssen Sola und Weichsel unweit der Stadt Oświęcim. Dort hatten sie alte Militärkasernen hergerichtet, einen Stacheldrahtzaun um sie gezogen und graue Wachtürme in die Landschaft gesetzt. Am Eingang zum Lager bauten sie ein Tor und stellten bewaffnete Posten auf, manchmal waren da auch Hunde.

Als Marek im Sommer des Jahres 40 mit anderen Häftlingen per Eisenbahn in Oświęcim eintraf, begannen sie, die Kasernengebäude auf zwei Stockwerke zu vergrößern. Außerdem sollten acht neue Blöcke gebaut werden. Bei dieser Arbeit hatten die Häftlinge zu helfen. Wenn sie zur Zufriedenheit erledigt werde, sei mit der Freilassung zum Weihnachtsfest zu rechnen, wollte ein Gerücht wissen, das im Lager umging. Sie teilten Marek der Malerkolonne zu, die mit groben Pinseln die Baracken, Türen und Fenster unter Farbe hielt, denn in einem Lager mit Tausenden von Häftlingen bröckelte es ständig, blieb immer etwas zu übermalen und zu vertuschen, mit anderen Worten: Die Arbeit nahm kein Ende.

Ihn schmerzte die Nähe zu seiner Stadt, die er nicht sehen, aber bei östlichen Winden riechen konnte. Auch der Gedanke an Elisa tat ihm weh. Er sah sie am Weichselufer stehen, nach einer Flaschenpost Ausschau haltend, die die Strömung auf den Ufersand spülen sollte. Die größte Sorge bereitete ihm die Zeit, die davonlief wie das Wasser der Weichsel. Unerbittlich drehte der Zeiger der La_geruhr seine Runden und ließ ihn älter werden. Statt die Großen der Kunst zu studieren – Veit Stoß und Caspar David Friedrich waren seine Vorbilder –,

10

strich er schwarze Farbe auf ausgetrocknete Bretter. Ein Menschenleben ist zu kurz, um Jahre sinnlos in einem Gefangenenlager zu vergeuden, dachte Marek. Er wollte Weihnachten zu Hause sein, an irgendeinem Weihnachten.

Wen er auch ansprach, jeder sagte: Die Gefangenen kommen frei, wenn der Krieg sich ausgetobt hat. Im Lager erfuhren sie wenig über den Krieg. Ein Gerücht sagte, er habe sich ausgeweitet auf den ganzen Kontinent, habe auch die Meere erfasst und den Himmel, der bei früheren kriegerischen Unternehmungen meistens friedlich geblieben war.

2.

Die unerhörte Begebenheit, von der hier berichtet werden soll, begann am 17. März des Jahres 41. Nach einem elend langen Winter kamen die ersten Zugvögel über die Beskiden. Marek hatte erwartet, sie würden verspätet eintreffen wegen der noch schneebedeckten Landschaft und des Eises auf den Teichen, aber eine innere Uhr hatte sie auf die Reise geschickt, und als die Häftlinge sich am Morgen zum Zählappell sammelten, entdeckten sie einen Weißstorch auf dem Schornstein des Krematoriums.

Er will sich wärmen, sagte Jerzy, der neben Marek Rogalski stand.

Hinter ihnen klickte der Verschluss einer Waffe.

Nicht schießen!, rief eine Stimme. Einer der Wachmänner rannte zur Kommandantur. Kurze Zeit später kam er mit einem Fotoapparat zurück, doch bevor er auf den Auslöser drücken konnte, erhob sich der Storch und strich ohne Flügelschlag über die Lagerdächer und den Fluss Sola in offenes Gelände.

Ein Offizier schrie über die Köpfe der Angetretenen hinweg, es sei nicht erlaubt, auf Vögel zu schießen, schon gar nicht auf Störche, die Lebensbringer schlechthin. Danach setzte Schneegestöber ein, sodass Marek hoffen konnte, die Malerkolonne werde wegen des Wetters nicht zum Außenanstrich von Baracken ausrücken, sondern sich angenehmeren Innenarbeiten zuwenden. Die Lagerküche teilte einen halben Liter Kräutertee aus, dazu ein Stück Schwarzbrot und außer dem üblichen Esslöffel Marmelade einen runden Käse, den sie Harzer Roller nannten. Jemand hatte wohl Geburtstag.

Als der Schnee nur noch in spärlichen Krümeln fiel, verließ die Malerkolonne das Lager. Am Tor traf Marek jenen Wachmann, der den Storch hatte fotografieren wollen. Er stand, die Waffe im Anschlag, unbeteiligt auf dem Pflaster und beobachtete Kiebitze, die sich auf dem Dach eines Wachturms niedergelassen hatten. Auch sie waren über Nacht aus ihren Winterquartieren heimgekehrt und vom Schnee überrascht worden. Statt zwischen Grasbüscheln und Ackerfurchen herumzutrippeln, wie es ihre Art ist, saßen sie stumm auf dem Bretterdach. Der Wachsoldat streckte neugierig den Kopf heraus, klopfte mit dem Gewehr gegen das Holz, und die Kiebitze flogen davon.

3.

Zur Mittagszeit am 17. März meldete sich der Wachmann Hans Grote in der Kommandantur, um ein Anliegen vorzutragen. Er sei von Haus aus Biologe, sein Spezialgebiet die Ornithologie. Die Gegend zwischen Sola und Weichsel erscheine ihm für vogelkundliche Studien besonders ergiebig. Das Lager befinde sich in der Flugbahn der Zugvögel, die über die Beskiden kämen, die Weichsel hinaufzögen nach Ostpreußen, zu den baltischen Ländern und Finnland; die Auwälder und Sümpfe im Zwischenstromland seien ihnen ein bevorzugter Rastplatz. Hans Grote bat um die Erlaubnis, die Vogelwelt im Bereich des Lagers zu erforschen, um darüber eine wissenschaftliche Arbeit zu schreiben.

Der Kommandant erschien persönlich und erklärte, ein Freund der Wissenschaften zu sein. Einen Fachmann, der Mineralien sammele, gebe es schon, in der Anatomie würden auf seinen Befehl hin die Schädel verstorbener Häftlinge vermessen und seziert, um das Hirngewicht zu registrieren. Die medizinische Abteilung erforsche die Wirkung bestimmter Substanzen auf den menschlichen Körper. Eine Arbeit über die Vogelwelt interessiere ihn sehr, zumal das Gebiet zwischen Sola und Weichsel der Provinz Oberschlesien zugeschlagen, also Teil des Reiches sei. Grote bekam ein Schriftstück, das ihm gestattete, in den Haupt- und Nebenlagern einschließlich der Dörfer Pławy, Raisko und Harmense vogelkundliche Studien zu betreiben. Seiner Bitte, ihm einen Häftling als Hilfskraft zuzuteilen, der ihm beim Zeichnen der Vögel und dem Präparieren von Bälgen für schulische Zwecke behilflich sein sollte, wurde stattgegeben. Gelegentlich sollte sich Grote melden, um über seine Forschungen zu berichten.

Im Weggehen bemerkte der Kommandant, das Dorf Birkenau sei von der Forschungsarbeit möglichst auszunehmen. Dort werde in nächster Zeit ein größeres Bauvorhaben beginnen; es sei keine Gegend für Vogelkunde.

4.

Am Abend saß Marek auf seiner Pritsche, den Rücken zum Fenster und zeichnete Kiebitze im Schneegestöber. Er setzte sie auf einen Lagerzaun, dessen Betonpfähle oben eingeknickt waren, sodass sie kleinen Galgen glichen. Daneben zeichnete er einen Wachturm, dessen düsteres Grau er mit einer überhängenden Schneetraufe aufhellte. Schließlich gab er die Vögel auf den Stacheldraht, sie glichen Taschentüchern auf einer Wäscheleine.

Als er Schritte hörte, legte er die Zeichnung beiseite. An der Art, wie die Stiefel aufs Holz schlugen, am Klappen der Absätze wurde ihm klar: Es war einer von denen. Marek erkannte den Wachmann, der beim Morgenappell den Weißstorch auf dem Krematoriumsschornstein hatte fotografieren wollen. Er stand auf. Nein, er wollte nicht stramm stehen vor dem fremden Menschen, aber es erschien ihm angebracht, ihn stehend zu begrüßen, denn die Uniformierten waren die Herren des Lagers, sie konnten töten, wen sie töten wollten.

Grote betrachtete die Zeichnung.

Kiebitzstilleben im Schnee, sagte er. Kiebitze seien kecke, unternehmungslustige Vögel, diese kämen ihm scheu und verängstigt vor.

Das mag am Zaun und an den Wachtürmen liegen, dachte Marek, sagte es aber nicht.

Soweit ich weiß, können Kiebitze gar nicht auf Stacheldrahtzäunen sitzen, erklärte Grote und schlug vor, das eintönige Weiß mit kräftigen Farben aufzuheitern, Rot zum Beispiel.

Schnee kann ich nur rot malen, wenn Blut fließt, dachte Marek, sagte es aber nicht.

Sprichst du deutsch?

Ich heiße Marek Rogalski, Herr, wohne in Krakau, studiere dort Kunst und spreche ein bisschen deutsch.

Grote betrachtete die Zeichnungen, die Marek an seine Pritsche geheftet hatte, darunter Dromedare, schwarze Pferde und einen Steinadler, der mit ausgebreiteten Schwingen auf einem Felsvorsprung stand.

In den Karpaten gibt es sie noch, sagte Grote und tippte auf den Vogel.

Ja, Herr, in den Karpaten gibt es auch Bären und Wölfe.

Morgen wirst du nicht mit den Malern ausrücken, sondern für mich arbeiten, befahl Grote. Wir treffen uns um acht Uhr auf dem Appellplatz.

Marek blickte ihm nach. Für einen SS-Mann war er erstaunlich klein. Dreißig Jahre mochte er alt sein, er hatte ein rundes Gesicht und graue Augen. Die Uniform passte nicht zu ihm, ließ ihn eingeengt und eckig erscheinen. In ziviler Kleidung, viel-

17

leicht mit Knickerbockern und einem Strohhut auf dem Kopf hätte er wie ein Wanderer im Hochgebirge aussehen können.

Grote kam zurück, um die Frage zu stellen: Kannst du Vogelbälge präparieren?

Marek spürte, dass er jetzt nicht Nein sagen durfte. Er nickte und Grote war zufrieden. Das ist gut, sehr gut, sagte er.

Nachdem er gegangen war, legte sich Marek auf die Pritsche und dachte an Kiebitze im Schnee. Seine Kiebitze sollten auf Stacheldrahtzäunen sitzen können, genau auf Messers Schneide zwischen Gefangenschaft und Freiheit, um von dort aus mit nur einem Flügelschlag in die Freiheit zu gelangen.

Was hatte der SS-Mann vor? Es wird irgendein Sonderauftrag sein. Im Lager gab es pausenlos Sonderaufträge, und die meisten nahmen kein gutes Ende.

Vor dem Einschlafen dachte er an seine Stadt und Elisa. Sie wusch im vorbeifließenden Wasser ihre Füße und störte sich nicht an den Eisschollen, die stromabwärts trieben.

5.

Du bist befördert worden, sagte Jerzy am nächsten Morgen. Pass nur auf, dass er dir nicht die Seele stiehlt. Mit diesen Menschen gibt es kein Zusammensein, wir dürfen sie nur hassen.

Die Malerkolonne, die meisten von ihnen Polen, rückte ohne Marek aus, um eine Baubaracke in einem neu zu errichtenden Außenlager mit einem Schutzanstrich zu versehen. Einige blickten ihn an, als sei er für immer verloren. Keiner lachte.

Marek wartete auf dem Appellplatz. Er hielt sich abseits des Galgens, des einzigen Gegenstandes, der das alle Zeit saubere Areal entstellte. Ein Strick hing nicht daran, aber Marek hatte den Strick schon öfter gesehen und auch Menschen, die daran baumelten. Es war schon sonderbar: Immer wenn er vor dem Galgen stand, musste er an Golgatha denken. Hätten sie Christus an einen Galgen gehängt und nicht ans Kreuz genagelt, wäre das Christentum nicht entstanden, weil ein Mensch am Galgen einen zu schäbigen Anblick bietet. Marek war kein besonders guter Christ. Am Christentum bewunderte er die vielen Kunstwerke in den Kirchen und Kathedralen, die im Laufe der Jahrhunderte zur

19

Ehre Gottes entstanden waren, an erster Stelle den Hochaltar von Veit Stoß in der Marienkirche in Krakau.

Grote erschien in Zivil, was Marek überraschte. Er sah nun aus wie einer jener Professoren, die in Krakaus Hörsälen dozierten. Vielleicht war er wirklich ein Professor, den der Krieg in diese Uniform und in dieses Lager verschlagen hatte. Er war jung, doch sein Schädel schon zur Hälfte kahl. Eine hervorstechende Nase zeichnete ihn aus, große Ohren, die Lippen wie mit dem Lineal gezogen.

Ich heiße Grote.

Er drückte Marek einen Block Papier und einen Zeichenstift in die Hand.

Deine Aufgabe wird es sein, Vögel zu zeichnen, naturgetreu und genau. Für die Dauer der Abstellung darfst du die Häftlingskleidung gegen Zivil tauschen.

Sie gingen zum Magazin, wo das Zeug herumlag, das frühere Häftlinge hinterlassen hatten. Marek erhielt eine blaue Hose und die schwarze Jacke eines Toten; er musste sich auf der Stelle umziehen. Hosenbeine und Ärmel waren zu lang, also krempelte er sie um. Dabei entdeckte er im Innenfutter der Jacke den Aufnäher eines Textilladens Kroschenke aus Wien.

Er braucht auch derbes Schuhzeug, sagte Grote zu dem Magazinverwalter.

Marek bekam Stiefel, Größe 43, die so aussahen, als hätte sie einer getragen, der barfuß ins Krematorium gegangen war.

Der rote Winkel kam an die schwarze Jacke.

Die Häftlingskleidung gab er zur Aufbewahrung ins Magazin. Marek war sicher, dass er sie nicht mehr gebrauchen würde. Nach Erledigung dieses Sonderauftrages wollte er frei sein, spätestens Weihnachten.

Am Haupttor legte Grote das Schriftstück des Kommandanten vor und durfte passieren. Marek wurde streng durchsucht, bevor auch er durchs Tor schreiten durfte. Er atmete tief durch, weil er glaubte, der Freiheit ein Stück näher zu sein. Zwar war auch der Außenbereich des Lagers Sperrgebiet, Postenketten sorgten dafür, dass das Gefühl, frei zu sein, nicht übermächtig wurde. Aber die Landschaft wirkte offener, der Wind strich ungehindert über flaches Land, die Luft schmeckte nach Frühling, von Oświęcim her drang der Lärm einer belebten Stadt herüber, es sangen auch Vögel.

Liebe Ines!

… Ich habe einen Auftrag erhalten, der meinen wissenschaftlichen Neigungen sehr entgegenkommt. Der Kommandant hat mir erlaubt, die Vogelwelt im Lager und den umliegenden Dörfern zu erforschen. Er hat mir einen Helfer zur Seite gestellt, einen polnischen Kunststudenten, der von der Ornithologie wenig versteht, aber vortrefflich zeichnen kann …

Wenn es die Zeit zulässt, werde ich die Ergebnisse meines Forschens in einer wissenschaftlichen Arbeit zusammenfassen und veröffentlichen. Das dürfte meinem Streben nach einer Professur – sobald der Krieg zu Ende ist – sicherlich förderlich sein.

6.

Ein sonniger Morgen, die letzten Schneereste tauten, im Wald auf Brzeszcze zu schlugen die Finken. Zum ersten Mal sah Marek die Gegend, in der er seit neun Monaten gefangen gehalten wurde, aus der Nähe. Er fand die Landschaft lieblich, was daran liegen mochte, dass er in guter Stimmung war. Sie kamen an Teichen und Sümpfen vorbei, wanderten durch Auwälder, dem Flusslauf der Sola folgend. Zu seiner Überraschung fanden sie in der Nähe des Lagers bewohnte Dörfer, in denen Hunde kläfften und alte Männer vor den Türen Holz hackten. Marek hatte sich vorgenommen, nur zu sprechen, wenn er gefragt wurde. Da auch Grote kein Wort verlor, wurde es ein Schweigemarsch, auf dem die Vögel sangen. Nur ein Zug, der in den Bahnhof Oświęcim einlief, verursachte für kurze Zeit einen störenden Lärm.

Grote ging voraus, Marek folgte ihm in fünf Schritten Abstand. Er hatte diese Distanz von sich aus gewählt, weil er sie für angemessen hielt. Sie gab ihm Gelegenheit, hierhin zu schauen und dorthin, sich umzublicken und sich Gedanken zu machen über den Menschen, der vor ihm ging, ab und zu stehen blieb, mit einem Fernglas die Uferböschung eines Teiches absuchte oder den Keilflug der Wildgänse verfolgte.

Als Erstes erreichten sie die Ortschaft Raisko, ein Gut mit einem ansehnlichen Park, dessen Vogelbestand Grote interessierte. Marek entdeckte Erdhügel im Park, die so aussahen wie Gräber.

Zu Beginn des Krieges hat es hier schwere Kämpfe gegeben, bemerkte Grote.

Auf den Holzkreuzen standen polnische Namen. Marek wollte fragen, ob es bei den Kämpfen auch tote Deutsche gegeben hatte, aber er wagte es nicht. Sein Deutsch war auch aus der Übung gekommen. Nachdem er Tag für Tag das abgehackte Bellen vom Appellplatz hatte mit anhören müssen, klang ihm die Sprache nicht mehr so angenehm wie in früheren Jahren.

Grote notierte in sein Büchlein, er habe im Park von Raisko mehr als ein Dutzend Kohlmeisen angetroffen.

Die Teichlandschaft um Harmense war das nächste Ziel ihres Erkundungsmarsches, hier erwartete Grote eine reiche Vogelpopulation. Noch bedeckte mürbes Eis die Teiche. Auf der Oberfläche hatte sich braunes Torfwasser angesammelt, in dem Stockenten watschelten. Sie entdeckten einen toten Vogel, fest gefroren im Eis.

Saatkrähe, stellte Grote fest und deutete auf den eingefrorenen Kadaver.

Wie war die Krähe in den Teich gefallen? Marek

stellte sich vor, wie der Vogel, abgeschossen von einem Jagdflugzeug oder getroffen von einer Gewehrkugel, aus großer Höhe ins Wasser gestürzt und vom Frost gefangen genommen worden war. Grote befahl ihm, die Krähe vom Eis zu holen. Marek rechnete mit nassen Füßen; wenn das brüchige Eis nachgab, könnte er im moorigen Untergrund versinken. Um das Gewicht zu verlagern, kroch er auf allen vieren. Als er eine Armlänge von der toten Krähe entfernt war, knackte es laut; durch einen Riss im Eis sickerte braunes Wasser. Wie sollte er den Vogel aus dem Eis schlagen? Auf seinen Hilfe suchenden Blick hin warf Grote ihm einen Knüppel zu. Damit klopfte er das Eis auf, und als er die Krähe in der Hand hielt, stand er bis zu den Knöcheln im Wasser.

Gut gemacht, sagte Grote wie zu einem Hund, der ein Stück Wild apportiert hat. Er begutachtete den toten Vogel, fand ihn zum Präparieren ungeeignet und warf ihn hinter sich ins Gebüsch. Dann zog er die Pistole aus der Tasche und feuerte zwei Schüsse auf den Teich ab. Die eine Kugel sprang vom Eis und verschwand raschelnd im Schilf, die andere bohrte ein Loch, aus dem braunes Wasser trat.

Wenn du Dummheiten machst, muss ich dich töten, sagte Grote.

Marek setzte sich ins trockene Gras, zog Schuhe und Strümpfe aus und wrang die Socken so lange, bis sie keinen Tropfen mehr hergaben. Während dieser Prozedur rauchte Grote eine Zigarette.

Wo hast du Deutsch gelernt?, fragte er.

In Greifswald, Herr, als noch Frieden war.

Hast du dort studiert?

Ja, Herr. Deutsche Universitäten hatten einen guten Ruf. Mein Vater sagte: Marek, wenn du ein Jahr in Deutschland studierst, wirst du ein großer Künstler. Ich habe in Deutschland studiert, und man kann sehen, was aus mir geworden ist.

Wenn der Krieg zu Ende ist, wirst du weiter studieren und ein großer Künstler werden, bemerkte Grote.

Über Caspar David Friedrich habe ich eine Arbeit geschrieben, Herr.

Du brauchst nicht immer Herr zu sagen, es gefällt mir nicht.

Während Marek die ausgewrungenen Socken überstreifte, erzählte Grote von seiner Studentenzeit, die ihn in die gleiche Gegend geführt hatte. Ein halbes Jahr, beginnend mit dem Vogelzug im Frühling bis zur Rückkehr im Herbst, habe er auf Hiddensee gearbeitet, ein großartiger Sommer. Grote hatte damals seine erste wissenschaftliche Arbeit über die baltischen Höckerschwäne verfasst. Zum ersten Mal, dass Marek ihn lächeln sah. Er ist nicht so wie die anderen, dachte er. Er kann sogar lachen. Er liebt die Vögel, und ich liebe die Kunst.

Marek fragte, ob er die tote Krähe zeichnen solle.

Sie ist zu hässlich, antwortete Grote und befahl ihm, den Vogel aus dem Gebüsch zu holen. Wir können den Kadaver nicht im Gelände liegen lassen. Im Lager gilt das Gesetz: Alles Tote wird verbrannt. Es ist die sauberste Art, mit dem Tod umzugehen.

Der Rückweg führte sie über das Dorf Brzezinka, das den schönen deutschen Namen Birkenau erhalten hatte. Ihnen begegnete ein Bauer, der mit Pferd und Wagen in die Stadt fuhr, in einigen Gärten hing Wäsche auf der Leine, aus den Schornsteinen stieg weißer Rauch. Es roch nach verbranntem Holz. Auch in Birkenau gab es ein sumpfiges Gelände, mehrere Teiche und ein Birkenwäldchen, dessen weiße Stämme leuchteten. In einem Birnbaum entdeckte Grote die ersten Stare.

Du könntest mir einen Star zeichnen, Marek.

Wenn es genau sein soll, muss ich ihn in der Hand halten.

Grote holte die Pistole aus der Manteltasche und schoss in den Starenschwarm. Die Kugel verfehlte ihr Ziel, und die Stare flogen davon.

Im Lager angekommen, machten sie einen Umweg zum Verbrennungsplatz. Marek warf den Vogel in die räuchernde Grube, die Saatkrähenfedern fingen Feuer und verbrannten in einem kurzen Auflodern. Einen Star wollte er aus dem Gedächtnis zeichnen, so gut es eben ging.

Die Stadt liegt am Flusse Sola kurz oberhalb der Einmündung der Sola in die Obere Weichsel. Bis zum Weltkrieg gehörte sie zu Österreich (Galizien), die Grenze zum Deutschen Reich verlief längs der Weichsel. Das Gebiet meiner Tätigkeit schließt direkt im Osten an das alte deutsche Reichsgebiet an; es wird im Westen von der Weichsel, im Osten von der Sola begrenzt. Meine ornithologischen Aufgaben liegen in diesem Zwischenstromland. Es reicht von der Mündung der Sola in die Weichsel nach Süden die Sola aufwärts zum Dorf Raisko und über die Ortschaften Palitz, Birkenau, Pławy und Harmense hinaus bis zu einem Wald nördlich Brzeszcze.

7.

Wie ist er?, fragte Jerzy.
Er ist verrückt nach Vögeln, antwortete
Marek.

Was willst du tun?

Ich werde ihm Stare, Amseln und Schwalben
zeichnen, und danach werde ich rauskommen aus
diesem verdammten Lager.

Das ist nicht genug!, sagte Jerzy. Für einen Polen
ist es nicht genug.

Über Nacht waren Graureiher eingetroffen. Gra-
vitätisch spazierten sie durchs Gelände und dachten
nicht daran fortzufliegen, als sie sich ihnen näherten.

Sie sind vom Flug über die Karpaten geschwächt
und müssen sich ausruhen, stellte Grote fest.

Marek wunderte sich, dass die Vögel den Lagerbereich zum Rastplatz gewählt hatten, zwei Kilometer östlich, jenseits der Sola, hätten sie freieres
Gelände gehabt.

Vögel sind neugierig, bemerkte Grote.

Sie zählten die Graureiher, und Marek notierte
die Zahl auf einem Zettel. Als von einem der Wachtürme ein Schuss fiel, reckten sie die Hälse, flogen
aber nicht fort. Grote beobachtete sie durch sein

Fernglas. An einem Vogel entdeckte er einen Ring. Er hätte den Graureiher gern geschossen, um die Inschrift zu studieren, aber für die Entfernung reichte seine Pistole nicht.

Marek stand hinter ihm und dachte Sonderbares. Ob er wohl Frau und Kinder hat? Er sah Grote in einem schönen Haus mit Garten. An Feierabenden saß er in einer Fliederlaube und hörte die Vögel singen. Es hat ihn zufällig in dieses Lager verschlagen, dachte Marek. Um Auschwitz zu ertragen, hat er sich aufs Studium der Vögel verlegt ... Vierundzwanzig Graureiher zählten sie.

Grote fragte, ob er sich in der Vogelkunde auskenne.

Als Schuljunge sei er durch die Sumpfwälder am Weichselufer gezogen, um Vögel zu beobachten und zu zeichnen. Ehrlich gesagt, liebte er nicht so sehr die Vögel, sondern die Bilder, die er von ihnen zeichnete. Einen ganzen Schuhkarton voller Vogelbilder besaß er ... bis der Krieg kam.

Wo warst du, als er kam?

In Krakau, Herr.

Wenn der Krieg zu Ende ist, wirst du nach Krakau zurückkehren und den Schuhkarton suchen.

Marek ärgerte sich, dass er schon wieder Herr gesagt hatte. Es war ihm so rausgerutscht, weil dieser Mann natürlich der Herr seines Lebens war. Grote könnte ihn erschießen wie einen kranken

Vogel und in die Papiere schreiben: Auf der Flucht erschossen. Er könnte ihm auch die Freiheit verschaffen. Wenn das Wasser wärmer ist, schwimmst du durch die Sola und gehst nach Hause, Marek Rogalski. An solche Sätze klammerte er sich.

Es war ein großer Tag der Zugvögel. Vom Morgen bis zur Abenddämmerung belebten sie den Himmel, zogen nordostwärts, dem Weichselstrom folgend. Grote hatte Mühe, sie zu registrieren. Welche Vögel rasteten im Zwischenstromland? Welche Arten überflogen das Lager, ohne davon Notiz zu nehmen? Woher kamen sie? Über die Beskiden oder weiter östlich von den Karpaten? Marek notierte, was Grote ihm auftrug: drei Dutzend Graugänse von Südwest nach Nordost, am 24.3.41, um 12 Uhr 45.

Ich weiß, wo die Schwarzstörche nisten, sagte Marek.

Kannst du einen Schwarzstorch zeichnen?

Ein Bild von einem Schwarzstorch liegt in meinem Schuhkarton.

Also werden wir nach Krakau fahren müssen, um deinen Schuhkarton zu suchen, sagte Grote und lachte.

Er lacht wie ein normaler Mensch, ging es Marek durch den Kopf. Bestimmt kann er auch singen und Klavier spielen. Zum Glück konnte er nicht zeichnen. Dafür brauchte er Marek Rogalski. Du wirst ihm hundert Vögel zeichnen, du wirst mit ihm nach Krakau fahren und irgendwann nicht mehr ins Lager zurückkehren.

Auf dem Heimweg erlebten sie doch noch den Weiterflug der Graureiher. Wie auf ein geheimes Signal erhoben sich alle gleichzeitig, gewannen mit wenigen Flügelschlägen Höhe, strichen über den Zaun und überquerten die Sola in östlicher Richtung ... zwei Dutzend Graureiher. Nur einer blieb zurück. Sie fanden ihn leblos am Zaun, entweder von einem Stromschlag umgebracht oder im Stacheldraht verheddert und durch einen Schuss vom Wachturm erlöst. Jedenfalls hing er da, und Marek erhielt den Auftrag, den toten Vogel zu zeichnen. Um ein naturgetreues Bild zu erhalten, heftete er ihn auf ein Brett. Dabei entdeckte er den Ring der Vogelwarte Rossitten. Im September 39, als in Polen die Welt untergehen wollte, hatten sie noch Zeit gefunden, Vögel zu beringen. Der Graureiher war von Rossitten über den Krieg nach Süden geflogen, unbehelligt vom Lärm der Kanonen und Bombengeschwader. Anderthalb Jahre später verfing er sich im Lagerzaun.

So ist das Vogelleben, dachte Marek. Den September 39 hat er überlebt, jetzt hängt er hier.

Nachdem er ihn gezeichnet hatte, sah er sich den toten Graureiher dahin bringen, wo er nach dem Gesetz des Lagers hingehörte, in die Verbrennungskuhle. Aber Grote hatte anderes vor.

Der Vogel sieht ganz ordentlich aus, wir sollten ihn präparieren.

Er befahl Marek, den Graureiher mitzunehmen und mit der Arbeit zu beginnen.

8.

Marek hatte Hunderte von Vögeln gezeichnet, aber keinen einzigen Balg präpariert. Einen Graureiher wollte Grote haben, um ihn in Schulen und Museen vorzuzeigen und auf eine Wohnzimmeranrichte zu stellen. Er hatte keine Ahnung, wie das anzustellen sei. Grote wird erkennen, dass er nicht die Wahrheit gesagt hatte und auf seine weiteren Dienste verzichten. Er wird sich einen Helfer suchen, der nicht nur einen Vogel zeichnen, sondern auch präparieren kann; Marek wird er in die Malerkolonne zurückschicken, um totes Holz anzustreichen. Möglicherweise wäre mit einer Bestrafung zu rechnen.

Er fragte Jerzy, ob er einen kenne, der sich aufs Präparieren von Vögeln verstehe.

Der schlug vor, im Frauenblock zu fragen, da die Küchenfrauen doch das Ausnehmen, Tranchieren, Kochen und Braten von Geflügel gelernt hätten. Jerzy kannte auch einen, der Zahngold sammelte, nicht für sich, sondern für die Herren in Berlin. Ein anderer kratzte die Knochen im Krematorium zusammen, weil sie herausgefunden hatten, dass sich aus Menschenknochen Seife herstellen ließ. Und die Asche werden sie sicher auch noch sinnvoll verwenden. Aber so etwas Abseitiges wie Vögel präparieren war ihm im Lager nicht vorgekommen. Marek wollte nur einmal dabeisitzen, um zu sehen, wie es gemacht wird; er traute es sich zu, die Arbeit danach allein zu bewerkstelligen.

Jerzy hörte sich unter den Zigeunern um und erfuhr, dass ein gewisser Roman Kirschenstein sich darauf verstünde, Vögel herzurichten. Es bereitete einige Mühe, diesen Kirschenstein ausfindig zu machen, und als Marek ihm gegenüberstand, erklärte der, das Präparieren von Vogelbälgen sei eine Kunst, die man nicht vor die Säue werfen dürfe. Für einen Graureiher brauche er einen guten langen Tag in einer warmen Stube, dazu reichlich Essen und Trinken. Es müsse ihm das nötige Handwerkszeug, auch ein Säckchen mit Hanfwerg gegeben werden, und niemand dürfe ihn bei der Arbeit stören.

Kaum beherrscht einer ein Handwerk, stellt er anmaßende Ansprüche, dachte Marek. Er könnte ihn Grote melden. Der würde ihn an den Galgen schicken wegen Arbeitsverweigerung oder aus sonstigen Gründen, für Juden und Zigeuner fanden sie immer einen Anlass. Als Marek diesen Gedanken gedacht hatte, schlug er sich vor die Stirn.

Nun bist du da, wo die schon lange sind, stellte er sich zur Rede. Willst einen Menschen an den Galgen bringen, weil er nicht nach deinen Wünschen arbeitet. Nein, Marek Rogalski wird den Zigeuner Kirschenstein nicht melden, obwohl es schade war, die hohe Kunst des Vogelpräparierens so nutzlos verkümmern zu lassen.

Er zeichnete den Graureiher ins Reine und gab sich dabei große Mühe. Wenn er schon nicht präparieren konnte, sollte wenigstens das Bild dem Herrn gefallen. Am nächsten Morgen gestand er Grote, mit dem Präparieren nicht begonnen zu haben aus Furcht, er könnte den schönen Vogel verletzen.

Dann werden wir es beide machen, sagte Grote.

9.

Seine Sorge war, Grote könnte übermorgen die Vogelstudien beenden und wieder in SS-Uniform vor dem Tor stehen. Marek müsste Häftlingskleidung anziehen, und es ginge weiter, wie es gegangen war, die Zeit liefe davon wie das Wasser der Sola, Jahre um Jahre. Elisa würde ohne ihn eine alte Frau. Wie lange dauert so ein Krieg?

Er nahm sich vor, Grote zu fragen, ob er, Marek Rogalski, mit seiner Freilassung rechnen könne, wenn die Erforschung der Vogelwelt beendet sei. Und wie lange das noch dauern würde. Aber noch wagte er nicht, solche Fragen zu stellen.

Morgen für Morgen trafen sie sich unter dem Torbogen, dessen Inschrift Freiheit durch Arbeit versprach. Marek brauchte nicht mit den anderen zum Appell anzutreten, er musste auch nicht mit ansehen, wie sie einen dunkelhaarigen Mann an den Galgen hängten, und brauchte nicht zu fragen, was er verbrochen hatte. Grote erklärte es Tage später so:

Solche Hinrichtungen dienen der Abschreckung. Ihre Botschaft lautet: Benehmt euch anständig, sonst kommt ihr an den Galgen!

Immer noch überkam ihn, wenn sie das Tor passiert hatten, das Gefühl, der großen Freiheit jenseits der Zäune näherzukommen. Er beneidete die Vögel, für die es keine Zäune gab, die fliegen konnten, wohin sie wollten. Möwen und Enten gingen auf dem Strom nieder und ließen sich vom Wasser bis in die Königsstadt treiben. Wie war das mit den Tauben auf dem Rynek, dem größten aller Plätze? Die Legende erzählt, sie seien verwunschene Ritter, die die Stadt vor den Tataren beschützten. Sie nisten im alten Gemäuer und warten auf Fütterung vor den Tuchhallen. Gegen die neuen Tataren, die aus dem Westen gekommen waren, vermochten sie nichts auszurichten. Aber eines Tages wird der Zauberbann von ihnen weichen; sie werden wieder Ritter und reiten nach Oświęcim, um das Recht und die Menschlichkeit herzustellen. Solche Träume erlaubte er sich gelegentlich, wenn er an sein Krakau dachte.

Wenn er nur den Frühlingszug beobachten will, wäre seine Arbeit in vier Wochen beendet, dachte Marek. Danach könnte er die heimische Vogelwelt zwischen Soła und Weichsel, die Schnepfen und Rohrsänger, die Schwäne und Stockenten studieren, eine Aufgabe für einen langen Sommer. Schließlich käme der Herbstzug der Vögel. Zum Weihnachtsfest wird er sagen: Es ist alles getan, Marek Rogalski. Du kannst in deine Stadt gehen, ich fahre auf Urlaub zu meiner Frau … Wie kam er nur auf die Idee, ein SS-Mann könnte eine Frau, vielleicht sogar Kinder haben?

Sie erlebten die Heimkehr der Rohrdommeln. Die Wildenten begannen, ihre Nester zu bauen. Dort eine Bachstelze, hier eine Lerche, ein Schwarm Gimpel hüpfte im Haselstrauch. Grote fotografierte die bunten Vögel und schwärmte von ihren Bälgen, die er in ein Museum nach Bonn oder Wien geben wollte. Es gab nur eines, das diese Idylle störte: das Rasseln der Züge, die auf dem Bahnhof Oświęcim einliefen. Das dumpfe Heulen der Lokomotiven, das laute Pochen der Kolben, schließlich das Kreischen der Räder beim Halt auf dem Bahnhof, es übertönte den Gesang der Vögel. Und der Nordwestwind trieb den Rauch aus den Lokomotivschornsteinen herüber, der so anders roch als der Rauch der Verbrennungsgruben. Sie bringen wieder Menschen, dachte Marek, wenn die Lagerkapelle die Ankommenden mit Blasmusik begrüßte. Wohin nur mit den vielen Menschen? Kaum waren die Gebäude des Stammlagers um ein Stockwerk vergrößert worden, begannen sie weitere Außenlager einzurichten. Es war ein ständiges Kommen, aber kein Gehen. Marek erinnerte sich nicht, jemals einen Häftling gesehen zu haben, der vom Bahnhof Oświęcim abgereist wäre, um sagen wir mal, seine Mutter in Tschenstochau zu besuchen oder an einer Hochzeit in Zakopane teilzunehmen.

Warum bist du hier?, fragte Grote an einem Nachmittag, als sie in der Sonne saßen und einem Specht bei der Arbeit zusahen.

Marek zuckte die Schultern. Wenn er das wüsste! Zum Ende des polnischen Unglücksjahres 39 geriet er in eine Aktion zur Einsammlung polnischer Intellektueller. Sie steckten ihn in ein Krakauer Gefängnis, bis die Kasernen in Oświęcim, die im Krieg ein wenig gelitten hatten, wieder hergestellt waren und das Lager zwischen Sola und Weichsel bezogen werden konnte. Marek Rogalski gehörte mit zu den Ersten, die sie ins Lager überstellten. Dass sie ihn der Malerkolonne zuwiesen, hielt er für ein Versehen. Wahrheitsgemäß hatte er angegeben, ein Kunststudent zu sein; das genügte, ihn den Anstreichern und Pinslern zuzuteilen.

Wer nichts verbrochen hat, wird nicht eingesperrt, stellte Grote nüchtern fest.

Vielleicht, weil ich Pole bin und Student und jung und weil ich lesen und schreiben kann, das wären viele Gründe.

Wo warst du, als der Krieg ausbrach?, fragte Grote.

Der Krieg brach nicht aus wie ein Vulkan, dachte Marek, er wurde ausgebrochen.

Er zeigte in die Richtung, in der er Krakau vermutete und behauptete, es sei die schönste Stadt Polens. Wenn ich einen Kahn hätte, würde ich auf der Weichsel stromabwärts fahren und wäre in drei Stunden zu Hause.

Warst du Soldat?

Ich war Student an der Akademie. Als sie mich

zu den Soldaten holen wollten, war es schon zu Ende mit dem Krieg. Außerdem: Ein Künstler kann nicht schießen.

Wenn Frieden ist, kannst du weiter studieren, versprach Grote. Und glaube mir, es ist bald Frieden.

In der Stille, die eingetreten war, wagte Marek die Frage zu stellen, warum Grote in diesem Lager sei.

Der blickte ihn erstaunt an.

Solche Fragen darfst du niemals stellen, sagte er.

Marek verneigte sich entschuldigend, er war entschieden zu weit gegangen. Diese Deutschen haben Gehorchen gelernt, um nicht denken zu müssen. Befehl ist Befehl, sagen sie, wenn sie etwas tun müssen, was sie als normale Menschen niemals tun würden. Sie haben ihm den Befehl erteilt, in dieses verdammte Lager zu gehen. Da ihn die Ornithologie interessierte, kam ihm die Idee, das Leben der Vögel in einem Konzentrationslager zu erforschen, eine rein wissenschaftliche Aufgabe, versteht sich. Für Marek war es ein Glücksfall.

Auch aus den widrigsten Umständen müssen wir das Beste machen, mein lieber Marek.

10.

Es hätte ein großer Frühling werden können. Zwischen den Blöcken blühten Butterblumen, unter den Dachziegeln tschilpten Sperlinge. Aus den Flusstälern kroch das Grün ins Land, ließ sich nicht aufhalten von schwarzen Zäunen und grauen Wachtürmen, erkletterte Bäume und hätte wohl auch die Verbrennungsgrube erreicht, aber das graue Loch hörte nie auf zu räuchern. Den Frühling davor hatte Marek in Krakau erlebt, hatte ihn gesehen durchs vergitterte Fenster des Gefängnisses; Elisa war gekommen mit einem Stückchen Osterkuchen. Ein Jahr war seitdem vergangen, und noch immer wusste er nicht, warum sie ihn festhielten, was er tun musste, um den Irrtum aufzuklären.

Er zeichnete das Kranichpaar, das sich auf einen Acker unweit des Dorfes Birkenau verirrt hatte. Grote sagte, Kraniche gehörten eigentlich nicht in diese Gegend. Der Ostzug ginge über das Schwarze Meer und die Ukraine nach Nordrussland, der Westzug käme von Spanien und überquere Brandenburg, Mecklenburg und Pommern.

Wenn du um diese Jahreszeit mit der Eisenbahn von Hamburg nach Berlin fährst, triffst du Scharen von Kranichen auf Feldern und Wiesen.

Marek hatte noch nie das Vergnügen gehabt, mit der Eisenbahn von Hamburg nach Berlin zu fahren. Wie die Dinge lagen, würde es in seinem Leben wohl auch nicht mehr dazu kommen. Ihm genügte es, von Oświęcim nach Krakau fahren zu dürfen.

Die Kolonne, die abends von den Erdarbeiten ins Lager marschierte, sang das Lied von den Wildgänsen, die mit schrillem Schrei nach Norden ziehen. Einer der Wachmänner, im privaten Leben Chorleiter eines Männergesangvereins, hatte den Häftlingen das Lied beigebracht und ließ es in der Zeit, als die Keile der Wildgänse über den Himmel zogen, jeden Abend singen, bis sie es zweistimmig beherrschten. Während sie sangen, blickten sie hinauf zu den großen Vögeln, die dem Weichselstrom nach Norden folgten. Als Grote und Marek die singende Kolonne trafen, entdeckten sie einen Toten, der von vier Männern getragen wurde. Für ihn sangen sie den Schlussrefrain: »die Welt ist voller Morden«.

Es überraschte sie ein sonderbarer Singsang. Schwäne zogen im Tiefflug über das Lager, umkreisten es mehrere Male und wasserten auf dem Solafluss.

Die kommen aus den Winterquartieren in Holland und England, erklärte Grote.

Ich dachte, von dort kommen nur Bombenflugzeuge.

Was weißt du von Bombenflugzeugen, Marek?

Man munkelt so einiges. Sie sagen, die Bomber werden bis nach Oświęcim fliegen, dort keine Bomben abwerfen, sondern Soldaten, die die Zäune niederreißen und alle Gefangenen befreien.

Bevor das geschieht, seid ihr alle tot.

Vor ihnen fiel ein Falke im Sturzflug vom Himmel.

Stuka!, rief Marek.

Waren unsere Stukas auch über Krakau?

Sie haben Warschau bombardiert, das genügte ihnen.

Ach, die vielen Gemeinsamkeiten der Vogelwelt mit der Welt des Krieges. Die Bombengeschwader flogen in Keilform wie die Wildgänse, Falken stürzten wie Sturzkampfbomber auf ihr Ziel, die Schwäne sangen wie die Luftschutzsirenen ..., die ganze Vogelwelt befand sich im Krieg.

Als sie im Gelände eine ramponierte Holzkiste fanden, bat Marek darum, sie ins Lager mitnehmen zu dürfen. Er wollte daraus einen Meisenkasten zimmern.

Das von Sola und Weichsel umschlossene Land ist zum großen Teil ein der Ackerbewirtschaftung nutzbar gemachter Lößboden auf alluvialen Flussschottern. Der Grundwasserstand ist überall sehr hoch, oft nur dreißig bis vierzig Zentimeter von der Oberfläche entfernt. Mehrere fisch- und krebsreiche Tümpel kleinen und kleinsten Ausmaßes sind über die ganze Fläche verstreut. Darüber hinaus sind viele Fischteiche angelegt, die allein für das Dorf Harmense rund zweihundertfünfzig Hektar ausmachen.

11.

Es gelang Marek, im lagereigenen Bauhof ein Schnitzmesser, eine Stichsäge und eine Handvoll Nägel zu organisieren. Der Vogelprofessor, für den er arbeite, brauche die Geräte, um Vogelkästen herzustellen, sagte er. Den fertigen Meisenkasten strich er braun an und brachte ihn Grote. Wohin damit? Innerhalb des Lagers sei das Anbringen von Meisenkästen verboten, erklärte Grote. Marek schlug vor, den Kasten an einen Turm zu nageln zum Zeitvertreib für den Wachposten in seinen langweiligen Stunden, aber auch das wäre gegen die Vorschriften. Ein Meisenkasten könnte den Posten von seinen Aufgaben ablenken.

Grotes Idee war es, die Kinder des Kommandanten mit einem Meisenkasten zu erfreuen. Marek durfte in Begleitung eines Wachmannes mit dem Holzkasten unter dem Arm zur Kommandantenvilla gleich außerhalb des Lagerzauns marschieren. Während er den Kasten an eine Birke nagelte, saßen die Kinder auf der Fensterbank und sahen zu. Sie lachten nicht. Auch als er so tat, als schlüge er sich mit dem Hammer auf den Daumen, verzogen sie keine Miene. Schließlich zog eine Frauenhand eine Gardine vor die Kinder. Es durfte nicht sein, dass deutsche Kinder einen polnischen Meisenkastenbauer anlachten. Ob die Meisen das ihnen zugedachte Haus angenommen haben, hat Marek nicht erfahren, weil er nie mehr Gelegenheit bekam, die Villa des Kommandanten aus der Nähe zu sehen.

Man könnte vielleicht Vogelbilder zeichnen, um sie als Postkarten zu versenden, schlug Marek vor. Er hatte an Adler, Störche und Schleiereulen gedacht, die Grote an Freunde und Verwandte schicken könnte als Grüße aus dem Vogelparadies Auschwitz. Eine Karte wollte Marek für sich behalten, vielleicht wäre es möglich, sie nach Krakau zu schicken.

Die Häftlinge bekommen keine Briefmarken, erklärte Grote.

Es wäre nur eine Nachricht an meine Verlobte namens Elisa. Sie soll wissen, dass ich lebe.

Elisa klingt jüdisch, erklärte Grote.

Ich weiß nicht, ob sie jüdisch ist. Du bist ein Mann, ich bin eine Frau, sagte meine Elisa. Mehr Unterschiede brauchen wir nicht.

Und was die Religion betrifft, Elisa kannte nur diese Götter: Chopin, Beethoven, Mozart.

Eine bemerkenswerte Frau, deine Elisa, sagte Grote.

Seit dem 1. September 39 sind wir verlobt.

Warum seit dem 1. September 39?

Meine Elisa sagte, wenn die Kanonen donnern, sollte man sich festhalten und lieb haben.

Das war ein Fehler, Marek. Wenn sie eine Jüdin ist, schlage sie dir aus dem Kopf, weil es nicht gut ausgeht mit den Elisas, Esthers, Sarahs und wie sie alle heißen.

Grote hätte ihm die Erlaubnis zum Briefeschreiben verschaffen können, auch das Briefempfangen wäre möglich gewesen, aber er meinte:

Du tust dieser Elisa keinen Gefallen, wenn du ihr schreibst. Wenn sie einen Brief aus dem Lager erhält, wird die Polizei erscheinen und allerlei zu fragen haben.

Eine Vergünstigung anderer Art wäre ein Besuch im Lagerkino. Oder willst du lieber in den Block 24 zu den Frauen gehen, Marek? Es kostet nur zwei Reichsmark.

Dieser Satz beschäftigte Marek einen ganzen Tag. Als es dunkelte, sah er Elisa im langen Kleid vor einem Notenpult im Saal des Konservatoriums stehen. Sie spielte Brahms, und an die hundert SS-Männer hörten zu. Nach der Vorstellung ging einer auf sie zu, verneigte sich und küsste ihre Hand. Elisa lächelte. Nein, Marek wollte Elisa nicht im Block 24 besuchen. Wenn du ihr keine Briefe senden kannst, so darfst du ihr doch Briefe schreiben, dachte er. Der Gedanke, dass sie niemals in die Hände der Empfängerin kämen, gab ihm die Freiheit, Anzüglichkeiten zu Papier zu bringen und seiner Elisa dieses und jenes mitzuteilen, was nicht aufs Papier gehörte, sondern nur geflüstert werden durfte.

Liebe Elisa!
Es ist sechzehn Monate her, dass wir zusammen geschlafen
haben. Hast Du inzwischen einen anderen Mann gefun-
den?

Die Weichsel führt Hochwasser von der Schneeschmelze
in den Bergen. Ich werde mich auf einen Baumstamm set-
zen und zu Dir in die Stadt reisen. Vielleicht kannst Du
unterhalb des Wawel auf mich warten. Wir gehen hinauf
ins Schloss und schlafen im Bett, in dem der große König
Sigismund geschlafen hat. Morgen vielleicht oder über-
morgen.

Der Kapo des Blocks erschien und warf einen Blick
auf Mareks Geschreibsel. Er konnte es nicht entzif-
fern, weil er aus dem Österreichischen kam, ein
Schneider, der sich zu den Kommunisten verirrt
hatte und nach dem Anschluss in Verwahrung genommen worden war.

Es ist für Herrn Grote, erklärte Marek seinen Lie-
besbrief.

Um den dienstlichen Auftrag zu unterstreichen,
malte er Rotkehlchen und Buchfinken auf Elisas
Brief.

12.

Die Flüsse führten noch bis in den Mai hinein Hochwasser. Schwemmholz kam mit der Strömung abwärts, legte sich quer und musste mit Dynamit auseinandergesprengt werden, weil sonst das Lager überflutet worden wäre. Als die Detonation die Stille zerriss, suchten die Vögel das Weite, Hunderte von Krähen erhoben sich aus dem Wald von Brzeszcze.

Ob die Vögel das Lager auch als ein Gefängnis wahrnehmen?, fragte sich Marek. Ein Gefängnis ohne Dach. Wer fliegen kann, findet heraus. Ja, fliegen müsste man können! Den Strom abwärts bis zu den Türmen am Horizont, über der Stadt schweben, dem Trompeter im Turm von Marien zuhören, dem Orgelspiel in der Tiefe lauschen und von der höchsten Zinne des Wawel die Sonne aufgehen sehen. Vögel sind die freiesten Lebewesen unter Gottes Sonne, müsste Grote in seine wissenschaftliche Arbeit schreiben.

Was trieb den alten Mann dazu, der als Letzter in der Kolonne marschierte, plötzlich stehen zu bleiben? Er verweigerte den Weitermarsch, sprang nach einem kurzen Verweilen über den Graben und ging gemächlich, den Kopf vornüber gebeugt, als suche er etwas Verlorenes, durchs Gras des Vorjahres. Sie dachten, er wollte seine Notdurft verrichten, auch der Wachmann dachte es. Aber als er nach fünfzig Schritten nicht stehen blieb, rief er ihn an und entsicherte sein Gewehr. Dann ließ er den Hund von der Leine. Das Tier setzte über den Graben, blieb vor dem alten Mann stehen und kläffte. Der Mann machte eine abwehrende Handbewegung und ging weiter. Erst als der Schuss fiel, verharrte er. Wie ein morscher Baum, den der Wind entwurzelt hat, fiel er zu Boden, der Hund kläffend über ihm. Der Wachmann schickte zwei Häftlinge ins Gelände, den Erschossenen zu bergen. Sie schleppten ihn, jeder an einem Arm ziehend, wie man Strohballen über die Tenne schleift. Der Wachmann pfiff nach dem Hund. Der hörte auf zu bellen und ließ sich anleinen.

Sonderbar, es war kein Blut an dem Menschen. Hatte er seine letzten Tropfen ins Gras gegeben? Jedenfalls kam er blutleer zur Kolonne, und der Wachmann befahl, weil sie keine Karre hatten, den Toten bis zum Verbrennungsplatz zu tragen.

Während des Zwischenfalls hatte Grote sich um ein Gelege mit fünf Eiern nahe einem moorigen Tümpel gekümmert.

Hoffentlich kommt die Ente bald zurück, um weiter zu brüten, sagte er.

Hatte er nicht bemerkt, was mit dem alten Mann geschehen war? Der Vogelprofessor Grote richtete seine Aufmerksamkeit auf das Vogelnest; er schimpfte auf den Hund, dessen Gebell die Vögel störte. Erst als sie weit entfernt waren, sagte Grote:

Du darfst hier nicht den Verstand verlieren, Marek. Wer zu viel denkt, macht Dummheiten, und wer Dummheiten macht, wird erschossen. So einfach ist das.

Das wäre auch eine Möglichkeit, jene Freiheit zu erlangen, die die Vögel im Übermaß haben, dachte Marek. Einfach geradeaus gehen, bis ein Schuss die Wanderung beendet. Vielleicht hatte er genug gelebt und wollte nicht mehr. Keiner wusste seinen Namen, seine Sprache habe fremd geklungen, sagten die, die neben ihm gegangen waren. Es sei eben nur ein alter Mann gewesen, der nicht mehr marschieren wollte. Dabei marschierten sie in den Frühling und dem warmen Sommer entgegen. Im Auwald zitterten Buschwindröschen, so zart, so unschuldig weiß. Im Moor leuchteten die gelben Placken des Sumpfdotters, Wiesenschaumkraut fröstelte im Wind. Bald könnten sie am Flussufer liegen, die Füße umspülen lassen und den Vogelstimmen lauschen.

Wie hatte er es nur angestellt, ihnen nicht sein Blut zu geben?, fragte sich Marek. Vielleicht besaß er kein Blut, war längst ausgetrocknet und lebte gar nicht mehr, als ihn die Kugel traf.

Über die Beskiden, deren schneebedeckte Gipfel an klaren Tagen grüßten, kamen immer noch Wildgänse, die das Lager überflogen und von dem, was unter ihnen geschah, keine Notiz nahmen. Auch Störche, Nachzügler des großen Storchenzuges, überflogen stumm das Zwischenstromland. Ob sie an einem Ort wie Auschwitz nisten könnten? Störche sind Lebensspender, sie haben dort, wo das Krematorium ständig räuchert und die Verbrennungsgruben Gestank verbreiten, nichts zu suchen. Die Rauchschwalben, die es immer eilig hatten, in ihre Brutgebiete zu kommen, hielten sich ungewöhnlich lange im Zwischenstromland auf. Ihnen zu Ehren spielte die Lagerkapelle »Dorfschwalben aus Österreich«.

13.

In Breslau bestellte Grote das Material, das er zum Präparieren von Vögeln benötigte, vor allem Hanfwerg zum Wickeln der Bälge. Sie erledigten die Arbeit in einem Geräteschuppen bei den Werkstätten. Da der Schuppen kein elektrisches Licht besaß, hockten sie vor der Tür an einem aus rohem Holz gezimmerten Tisch. Neben ihnen auf den Pflastersteinen hüpften Sperlinge und sahen zu, wie der tote Graureiher schön wurde.

Schau es dir genau an, damit du es später allein machen kannst, dachte Marek. Es ist wie das Sezieren von Leichen. Im Krankenblock schneiden sie die Toten in Stücke, entnehmen ihnen, was sie erforschen wollen, die Lunge, das Herz, die Leber. Ja, im Forschen sind sie eifrig. Sie kennen sich aus in den Gehirnströmen, sie wissen um die Unterschiede des Blutes von Ariern und Juden, sie erforschen die Gebärmutter heranwachsender Mädchen, nur die Seele des Menschen haben sie noch nicht gefunden. Wenn sie die Teile geprüft haben, kommen vier Häftlinge mit einer Rumpelkarre und fahren die Reste zum Krematorium, denn alles Tote muss brennen. Da haben die Graureiher es besser, sie werden präpariert. Vermutlich sind die ägypti-

54

schen Mumien auch so gewickelt worden, dachte
Marek. Danach überdauerten sie dreitausend Jahre,
und dieser Graureiher wird auch die Tausend Jahre
überstehen, wenn ihn nicht vorher der Teufel holt.

Grote schwärmte von einer Sammlung ausgestopfter Vögel, die er beim nächsten Heimaturlaub
mitnehmen wollte. Meine Kinder lieben Vögel.

Er hat also Kinder und eine Frau, er ist ein Fami-
lienvater wie aus dem deutschen Bilderbuch. Die
Kinder werden auf seinem Schoß sitzen und ihm
Vogellieder vorsingen. In seinem Haus stehen auf
Schränken, Anrichten und Fensterbänken ausge-
stopfte Vögel, einer schöner als der andere. Auch
Elisa könnte längst ein Kind haben, wenn sie den,
der es zeugen sollte, nicht eingesperrt hätten.

Ach, sie haben so schöne Vogellieder: »Kommt
ein Vogel geflogen«, »Es wollt ein Vogel Hochzeit
machen«. Ja, zu den Vögeln sind sie gut.

Es wird Zeit, dass ich meine Elisa heirate, sagte
Marek laut.

Wenn sie eine Jüdin ist, wirst du sie nicht heira-
ten, Marek. Sie wird ins Ghetto von Podgórze kommen und vom Ghetto in ein Lager und so weiter
und so weiter.

Ob sie noch an ihn dachte? Oder schlief sie mit
einem anderen, vielleicht mit einem in feldgrauer
Uniform? Um in diesen Zeiten zu überleben, muss
eine Frau mit vielen schlafen. Die Hochzeit mit Elisa dachte Marek sich in der Marienkirche vor dem

55

Altar von Veit Stoß. Wenn der Priester den Segen spricht, wird der Turmbläser das Heranziehen der Tataren verkünden … Diesmal sind sie groß und blond, sie tragen Feldgrau mit Schwarz und singen: Führer befiehl, wir folgen dir. Jerzy hatte ihm gesagt, die Deutschen hätten den Hochaltar gestohlen, doch in Mareks Vorstellung stand er noch da in seiner ganzen Herrlichkeit, und Elisa an seiner Seite stand auch da, und es war sehr feierlich.

Wenn du dich in wilden Phantasien ergehst, überlebst du dieses Lager nicht, sagte Grote. Du musst klein denken, nur an das Nächstliegende. Wir präparieren einen Vogel, und danach rauchen wir eine Zigarette. Mehr geschieht nicht.

Klein denken nannte er das. Aber Mareks Kopf verweigerte den Befehl zum kleinen Denken. Er sah Elisa mit einem Bündel auf dem Rücken durch die Stadt ziehen. Von Kasimiercz ins Ghetto wäre es nur ein Katzensprung über die Weichsel. Vom Ghetto in irgendein Lager, vom Lager ins Krematorium und schließlich als weißer Rauch zu den Wolken. Kleiner vermochte er nicht zu denken.

Endlich hatten sie dem Graureiher seine Schönheit zurückgegeben. Feierlich stand der Vogel vor ihnen und blickte majestätisch auf sie herab.

Gut gemacht, befand Grote und klopfte Marek auf die Schulter. Danach rauchten sie eine Zigarette.

Während sie ihre Arbeit bewunderten, gab es einen Auflauf am Appellplatz. Marek bemerkte, dass sie einen Mann an den Galgen hängten, ohne viel Federlesens, ohne Geschrei und Musik. Später sah er sich den Mann aus der Nähe an und erkannte den Zigeuner Kirschenstein.

Er muss irgendeine Dummheit angestellt haben, erklärte Grote.

Marek fragte Jerzy, ob er den Kirschenstein verraten habe.

Der hat sich selbst an den Galgen gebracht, antwortete Jerzy. Er prahlte, er sei der größte Vogelpräparator Polens und werde bald in die Dienste der SS treten, um in Berlin den deutschen Adler auszustopfen.

Jerzy nahm ihn beiseite und flüsterte, so ginge es nicht weiter. Sie müssten einen Aufstand machen, einen Ausbruchsversuch wenigstens. Und du musst uns dabei helfen.

14.

Welch ein Frühling! Überall schoss das Leben aus der Erde, blühte es weiß und gelb, ein Rausch des Erwachens erfüllte das Zwischenstromland. Im Stau der Berge breitete sich Wärme aus, ein milder Wind wehte von Westen und trieb die weißen Pusteln der Butterblumen über den Fluss. Weidenkätzchen an der Sola, auf der anderen Flussseite Haselnussbüsche mit den hängenden Blüten. Der grüne Birkenwald in grauer Moorlandschaft machte dem Namen Birkenau alle Ehre. Über den Teichen von Harmense ein Trillern, Pfeifen und Singen. Aus Südwesteuropa waren die Buchfinkenweibchen eingetroffen, und die Männchen erfüllten den Auwald mit schmetterndem Gesang. Amseln begrüßten jeden neuen Tag mit ihrem Flöten, in den Sperlingsnestern schlüpften die ersten Jungen, Schwalben glitten über die Dächer; da sie keine Telefonleitungen vorfanden, hockten sie gern auf dem Lagerzaun. In der Krakauer Planty müssten bald die Akazien blühen. Das alles nahmen die Häftlinge nicht wahr, weil sie damit beschäftigt waren, klein zu denken. Es hätte ihnen auch das Herz gebrochen, denn jeder Vogelgesang hätte sie an die Zeit in der Freiheit erinnert.

Nur Marek erlebte diesen Frühling als eine Besonderheit. Vielleicht war es ein gewöhnlicher Frühling, wie er in jedem Jahr vorkommt, aber ihm wurden die Maientage zu einem Fest. Das mochte daran liegen, dass er mit Grote Stunde um Stunde in der Natur zubrachte, ihr Wachsen und Blühen verfolgen, ihren Duft wahrnehmen konnte, ihren grausamen Lebenskampf, wenn die Raubvögel sich auf ihre Beute stürzten und die Elstern fremde Gelege ausräuberten. Beschwingt machte ihn der Gedanke, nur noch diesen Frühling im Lager verbringen zu müssen und dann zurückzukehren in seine Stadt.

Was die Natur uns bietet, ist kein romantisches Singspiel, sondern ein Kampf um Sein oder Nichtsein, erklärte Grote, als sie die Krähennester im Wald von Brzeszcze besichtigten. Die Vögel, die sie zählen wollten, waren ausgeflogen, also zählten sie ihre Nester. In der Ferne hörten sie einen Schuss ..., noch einen. Ein Krähenschwarm stieg in den Himmel, kreiste eine Weile und senkte sich wieder zur Erde.

Die sind in Birkenau, sagte Grote. Dort beginnen sie, die Erde umzuwühlen und zu planieren. Bei solchen Arbeiten sind die Krähen gern Zaungäste.

Fünfundneunzig Krähennester zählten sie am Waldrand von Brzeszcze. Weißer Kot bedeckte den Boden und erstickte alles Grün. Aus dem Zustand der Nester und dem Fehlen alter Horste schloss

Grote, dass es sich um eine junge Kolonie handeln müsse.

Die Krähen sind gekommen, als das Lager eingerichtet wurde, sagte Marek. Sie wollen wissen, was hier geschieht. Sie fressen Würmer, Schnecken und Leichen, und wenn ihr sie nicht vertreibt, kommen die Krähen aus ganz Polen ins Zwischenstromland, um zu sehen, was die Deutschen hier anrichten.

Den letzten Satz hatte er nicht ausgesprochen, sondern nur gedacht, während Grote sich mit dem Gelege einer Goldammer beschäftigte. Da der Vogel sein Nest nicht verlassen wollte, erhielt Marek den Auftrag, die brütende Goldammer zu skizzieren. Während er zeichnete, hörte er Schüsse. Wieder stiegen die Krähen auf, spektakelten eine Weile, bevor sie zurück zur Erde fielen.

Da das Schilf jährlich geschnitten wird, ist nur ein gerin-
ger Bestand vorjähriger Röhrichte vorhanden, weshalb
typische Bewohner solcher Bestände wie Drosselrohrsänger
und Rohrdommeln nur stellenweise vorkommen.

Auf manchen Teichen bilden die Rosetten der Wasser-
nuss (Trapa natans) ausgedehnte Rasen. Hier halten sich
gern Hauben- und Schwarzhalstaucher auf, die offenbar
beim Schwimmen unter Wasser durch die dicht stehenden
Stängel dieser Pflanze wenig behindert werden.

An vielen Teichen entdeckte ich zusammenhängende
Areale von Seggen, ohne dass ich hier den Seggenrohrsän-
ger feststellen konnte.

15.

Wie lange muss ich im Lager bleiben?, fragte Marek an einem warmen Abend, als sie am Teich saßen und auf den Einfall der Wildenten warteten.

Bis die Vögel in den Süden fliegen, antwortete Grote.

In welchem Jahr, Herr?

Wenn Frieden ist, dürfen alle nach Hause, die Vögel und die Menschen.

Vorher sollten wir die Schwarzstörche besuchen.

Ach, du willst nur nach Krakau fahren, um dein Mädchen zu treffen, sagte Grote und lachte. Aber es geht nicht, ich bin im Dienst und darf mir keine privaten Spazierfahrten erlauben.

Dienst ist Dienst und Schnaps ist Schnaps, sagten die Deutschen in Greifswald.

Das hast du gut behalten, Marek. Disziplin ist das Wichtigste. Was getan werden muss, wird getan. Wenn wir die Befehle nicht genau ausführen, sind wir alle verloren.

Wenn ich schon nicht zu ihr hinfahren darf, sollte meine Elisa vielleicht nach Oświęcim kommen.

Grote schüttelte den Kopf.

Wer im Lager ist, kommt nie wieder raus. Sie werden sie in den Block 24 geben, und du kannst sie besuchen für Geld.

Warum geht er nicht zur Kommandantur und sagt: Die Verlobte meines Helfers Marek Rogalski möchte ihn im Lager besuchen und mit ihm zu den Wäldern von Brzeszcze und den Teichen von Harmense wandern? Nur ein paar Stunden oder einen halben Tag. Danach führe sie zurück nach Krakau. Es wäre doch eine Kleinigkeit für Grote, ihm diesen Wunsch zu erfüllen.

Meine Elisa spielt Klavier, sagte Marek. Sie könnte auch ihre Violine mitbringen und im Orchester auftreten.

Auch für die aus dem Orchester gilt: Wer im Lager ist, muss im Lager bleiben.

Marek sah sie im schwarzen Kleid vor SS-Männern am Klavier sitzen. Sie spielte Beethovens »Freude schöner Götterfunke«, die Zuhörer klatschten und trampelten mit den groben Stiefeln aufs Holz. Und wo steckte Marek Rogalski? Der saß in einer Bretterbude und präparierte einen toten Eichelhäher.

Bald begleitete sie ein Zugvogel, der das Areal zwischen Sola und Weichsel mit lautem Rufen in Besitz genommen hatte. Sie hörten den Kuckuck am frühen Morgen, als sie zum Solaufer wanderten, um Bachstelzen zu beobachten. Er rief mit ungewöhnlicher Ausdauer, und Grote fragte

Marek, ob es in Polen auch den Aberglauben gebe, ein Mensch lebe so viele Jahre, wie der Kuckuck rufe.

Dann werden unsere Häftlinge hundert Jahre alt, antwortete Marek.

Sie hätten ihn gern aus der Nähe gesehen. Marek wollte ihn porträtieren, aber der scheue Vogel floh, sobald er Menschen erblickte. In Greifswald hatten sie ein Kinderlied gesungen, in dem ein junger Jägersmann einen armen Kuckuck totschoss.

Es ist völlig ausgeschlossen, dass ich dir einen Kuckuck vom Baum schieße, damit du ihn zeichnen kannst, Marek!

Ja, zu den Vögeln sind sie gut. Sie haben sich ein Vogelschutzgesetz ausgedacht, im Winter werfen sie den Vögeln Futter in den Garten; sie feiern ein Fest, wenn die Störche kommen und singen den Vögeln lustige Lieder.

Die hellen Flötentöne kamen von einem Pirol. Wir nennen ihn Pfingstvogel, weil er spät aus Afrika zurückkehrt und erst um Pfingsten mit dem Nestbau beginnt. Er ist so scheu wie der Kuckuck, erklärte Grote.

Warum müssen scheue Vögel so laut sein?, fragte Marek.

Es ist wie bei den Menschen. Am lautesten sind die, die Angst haben. Das Pirolmännchen hat grellgelbe Federn. Warum muss ein scheuer Vogel so auffallend gekleidet sein? Glaube mir, Marek, wenn die Spatzen rotes Gefieder hätten, wären sie unsere Lieblingsvögel.

Aber sie waren grau und beherrschten das Lager. Die Krähen waren schwarz und beherrschten die Abfallgruben und Verbrennungskuhlen.

Den Kuckuck hörten sie noch viele Wochen. Sein Rufen begleitete die Kolonnen zur Arbeit, die Häftlinge zählten und zählten, und einige kamen auf fünfundsiebzig Jahre. Wie wird die Welt aussehen in fünfundsiebzig Jahren?

16.

Wenn Marek am Morgen aus dem Block schaute, sah er vor sich den Appellplatz. Meistens war er leer, manchmal wartete der Galgen auf Arbeit. Er war transportabel. Wenn der Platz für feierliche Aufmärsche oder Konzerte gebraucht wurde, konnte er von dem hässlichen Tötungsgerät befreit werden. Die ursprüngliche Angewohnheit, die Hingerichteten einige Stunden hängen zu lassen, zur Abschreckung, wie Grote sagte, war aufgegeben worden, nachdem die Krähen über einen Erhängten hergefallen waren und Stücke aus seinem Körper gerissen hatten. Danach ließen sie die Toten, noch bevor sie kalt waren, ins Krematorium schaffen.

Eines Tages wurde der Galgen kurz nach Sonnenaufgang zum Appellplatz geschoben. Jeder, der die Gewohnheiten des Lagers kannte, wusste, dass das Schauspiel einer Hinrichtung aufgeführt werden sollte, vor oder nach der Morgenmahlzeit. Marek, der am liebsten Vögel zeichnete, auch Blumen, Bäume und Kirchtürme lagen ihm, versuchte an diesem Morgen seine Kunst an dem Galgen, der groß und leer vor ihm stand. Er zeichnete einen Menschen ans Holz, halb nackt mit schwarzer Hose und unbekleidetem Oberkörper, so wie er es häufig gesehen hatte. Als er Grote das Bild zeigte, riss der es in Stücke.

Du sollst Vögel zeichnen, Marek.

Was mochte ihn stören an dem Bild? Der Galgen gehörte zum Lager wie das Tor, der Zaun und die Wachtürme. Also warum ihn nicht zeichnen?

Das Holz kannst du zeichnen und meinetwegen Vögel draufsetzen, erklärte Grote. Aber den hängenden Menschen hast du dir ausgedacht, der sieht unnatürlich aus.

Ein Mensch am Galgen sieht immer unnatürlich aus, dachte Marek, wagte aber nicht, es auszusprechen.

Noch vor der Hinrichtung begann eine Schießerei an der Wand zwischen den Blöcken 10 und 11. Anfangs hatte Marek gedacht, die Wachmannschaften veranstalteten dort Schießübungen, bis Jerzy ihm sagte, in Auschwitz gäbe es eben nicht nur den Galgen, sondern auch die Wand, der Galgen diene als Demonstrationsobjekt, an der Wand ginge es bedeutend schneller.

Warum werden es immer mehr?, sagte Marek zu Grote, als die Leichenkarren von der Wand zwischen den Blöcken 10 und 11 zum Krematorium fuhren.

Bei uns wird niemand erschossen, der es nicht verdient hat, erklärte Grote. Hier geht alles mit rechten Dingen zu.

Nur, dass ihr bestimmt, was die rechten Dinge sind, dachte Marek.

Die Schwalben, die schon mit dem Nestbau begonnen hatten, verließen wegen der Schießerei das Lager. Auch die Meisen hatten es aufgegeben, in Auschwitz zu nisten. Nur die Sperlinge ließen sich nicht stören. Sie beherrschten das Lager mit einer Unverschämtheit, als wären sie die eigentlichen Herren. Sie nisteten unter den Dächern, belagerten die Küche und den Abfallhaufen, saßen auf dem Krematoriumsschornstein und dem Tor, wenn die Kolonnen zur Arbeit marschierten. Dagegen überquerten die Rauchschwalben, diese Langstreckenflieger, die im Herbst nach Afrika ziehen, und im Frühling in den Norden zurückkehren, das Lager im raschen Flug, ohne von dem, was unter ihnen geschah, Notiz zu nehmen.

Bevor sie das Lager verließen, um zu den Teichen von Harmense zu gehen, suchte Grote den Lagerfotografen auf. Das war ein polnischer Häftling, der sich als Fotograf ausgegeben hatte und Bilder für den Lagerpass der Ankommenden machen durfte. Grote wollte ein Bild von sich haben, um es an seine Lieben zu schicken. Während Grote in der Fotografenwerkstatt vor dem schwarzen Kasten saß, stand Marek an der Tür und beobachtete einen Vogel, der wie in Zeitlupe über dem Lager kreiste. Ein schwarzer Milan. Grote hätte viel darum gegeben, ihn aus der Nähe zu beobachten, ihn gar zu präparieren, aber der schwarze Milan scherte sich wenig um solche Wünsche; er glitt ohne Flügelschlag über Lagerzäune und Flussläufe zu den Bergen im Süden.

Als sie vom Fotografen zurückkehrten, hatte der Galgen seine Arbeit getan. Grote nahm keine Notiz davon, aber Marek blieb stehen und verneigte sich vor dem Toten. Dabei erkannte er, dass es eine Frau war, die sie vor dem Erhängen in Männerkleidung gesteckt hatten.

Könnte ich auch ein Foto machen lassen und es an Elisa schicken?, fragte er Grote.

Es wäre nicht gut für dich und schon gar nicht gut für das Mädchen.

Viel lieber würde ich mit dir gemeinsam nach Krakau fahren, sagte Marek. Ich könnte dir den Friedhof zeigen, wo die Schleiereulen nisten. Im Gefängnis Montelupich hörte ich sie nachts zischeln und schnarchen.

Warum warst du in Montelupich?

Sie hatten so viele Menschen eingesammelt und wussten nicht, wohin mit ihnen. Das Lager Oświęcim war noch nicht fertig, die Kasernen mussten erst renoviert werden; also blieb ihnen nur das alte Gefängnis, bis das Lager an der Soła fertiggestellt war.

Bei uns im Lager ist es angenehmer als in Montelupich, erklärte Grote.

Ja, hier herrscht frische Luft, es singen sogar

Vögel, in Montelupich schrieen nur die Schleiereulen.

Am Abend fragte er Jerzy, warum sie nun auch Frauen an den Galgen brächten.

Es war eine Hübsche aus Zakopane, sagte der. Sie hat sich einem der Wachleute angeboten, nicht für ein Stück Brot, sondern für die Freiheit. Das war zu viel.

Liebe Ines!

Der Kommandant hat mir großzügig eine Verlängerung meiner wissenschaftlichen Arbeit bis zum Ende des Sommers gestattet. Es gibt noch viel zu erforschen. Das entbindet mich auch von der schweren Arbeit, die wir Wachmänner hier zu verrichten haben. Hoffe sehr, im Herbst zu Dir auf Urlaub zu kommen.

Das beiliegende Bild ist für Kläuschen und Annemarie bestimmt. Es zeigt einen schwarzen Milan, einen Vogel, der hier häufiger über das Lager streicht. Für Dich habe ich ein Foto beigelegt, damit Du siehst, was aus Deinem Hans geworden ist.

17.

Es ging auf den Sommer zu, und eine merkwürdige Unruhe breitete sich aus, als läge ein Unheil in der Luft. Immer häufiger trafen Züge auf dem Bahnhof Oświęcim ein, Grote sagte, man müsse weitere Außenlager für die vielen Menschen bauen.

Die Sonne zeigte sich schon um fünf Uhr früh über den Dächern. Das war auch die Zeit für die Vögel, ihren Gesang zu beginnen. Den Himmel überzog ein durchsichtiger Schleier, gelegentlich tauchten Sommerwolken auf, die von Westen kamen und nach Osten gingen. Marek lag im Gras und ließ sich treiben mit den Wolken, bis er seine Stadt erreichte.

Elisa feierte Geburtstag. »Hundert Jahre sollst du leben ...«, sangen sie auf den Stufen des Konservatoriums. Dann umarmten sie Elisa und drückten ihr einen Kuss auf die Wange.

Und wo steckte Marek Rogalski? Der saß im Ufergras an der Sola und sah den springenden Fischen zu.

Meine Verlobte hat heute Geburtstag, sagte er zu Grote.

Meine Frau hatte vor drei Wochen Geburtstag,

antwortete der. Mein Junge im April, das Mädchen im Februar. So ist das nun mal, Marek, der Krieg nimmt auf unsere privaten Feste keine Rücksicht.

Ja, Marek wusste es längst: Krieg ist Krieg und Schnaps ist Schnaps.

Die Zugvögel hatten ihren Bestimmungsort erreicht. In sechs Wochen werden die Ersten wieder in den Süden fliegen, sagte Grote und fügte feierlich hinzu: Ein ewiges Kommen und Gehen. Wie eine Brandungswelle schwappt es von Süd nach Nord, im Herbst flutet es zurück; eines der größten Wunder der Tierwelt.

Ich habe eine Nachtigall gehört, sagte Marek an dem Tag, an dem Elisa ihren Geburtstag feierte.

In dieser Gegend gibt es keine Nachtigallen, erklärte Grote. Du hast von deinem Mädchen geträumt, das wird es gewesen sein.

Vom Westen her hörten sie Gesang, vielleicht eine Fronleichnamsprozession in Oświęcim.

Bist du evangelisch oder katholisch?, fragte Marek.

Solche Unterscheidungen haben wir nicht nötig, erklärte Grote.

Sind die Kinder nicht getauft?

Wir glauben nicht, dass Taufen irgendetwas bewirkt.

Oh, wie groß sie sind, dachte Marek. Sie brauchen nicht mal Gott. Es genügt ihnen der eine Führer, der ihnen sagt, wohin sie marschieren sollen. Ein Wunder, dass sie überhaupt sterben müssen.

Marek hörte Glocken. Sie läuteten nicht nur in Oświęcim, es klang von der Königsstadt herüber, und er sah eine Prozession vom Wawel stadteinwärts ziehen, bewunderte die bunten Gewänder, die Fahnen und Standarten. In der Gegend von Birkenau fielen vereinzelt Schüsse, auf dem großen Markt in Krakau fielen die Nonnen auf die Knie und beteten.

Es muss an ihrer Gottlosigkeit liegen, dachte Marek. Sie bestimmen, was zu tun und zu lassen ist, was Unkraut ist und ausgerottet werden muss. Wenn die Räuber die Welt beherrschen, wird Diebstahl zur guten Tat.

Heute ist ein christlicher Feiertag, sagte er. Ich würde viel drum geben, an der Prozession in Krakau teilnehmen zu dürfen.

Grote blickte ihn kopfschüttelnd an.

Bleib du lieber im Lager, Marek, es gibt keinen sichereren Ort als Auschwitz.

Das sagte auch der Fuchs, als er den Hühnerstall besuchte, dachte sich Marek.

18.

Im Bereich des Lagers leben mehr Vögel als anderswo. Diese Erkenntnis schrieb Grote am 17. Juni in sein Notizbuch. Lag es daran, dass die Lebensbedingungen im Zwischenstromland besonders günstig waren, oder hing es mit den vielen Menschen zusammen, ihren Ausdünstungen, Abfällen und Exkrementen, die den Lagerbereich für die Vögel so anziehend machten? Das Zusammenleben von Vögeln und Menschen im gleichen Siedlungsraum erschien Grote ein weites, wissenschaftlich noch nicht ausreichend erschlossenes Feld. Er wollte dieser Frage ein besonderes Kapitel seiner Arbeit widmen. Warum fühlen sich einige Vögel zum Menschen hingezogen? Was schreckt andere vom Menschen ab? Einerseits bot die Umgebung des Lagers mit Teichen, Mooren, Flussauen und Wäldern einen idealen Lebensraum, andererseits störten Tausende von Menschen das Vogelleben. Er hielt es für an der Zeit, eine Studie über die Gewöhnung der Vögel an den Menschen zu erstellen. Buchfinken, Amseln, Mauersegler und Sperlinge seien im Laufe der Jahrhunderte zu ständigen Begleitern des Menschen geworden. Der graue Fliegenschnäpper, ursprünglich ein Waldvogel, ließ sich in der Nähe der Menschen nieder, weil er dort mehr Fliegen erwarten konnte.

Und die Amseln haben sich so an die Menschen gewöhnt, dass sie flötend auf dem Galgen sitzen und den Mann betrachten, der unter ihnen hängt, dachte Marek. Was soll man von solchen Vögeln halten?

Erstaunlich, mit welch sicherem Instinkt sie sich selbst an gefährlichen Orten niederließen. Ein Zaunkönig brütete unter einem Wachturm, gut beschützt von den groben Stiefeln über ihm. Dort, wo der Draht des Zauns in die Erde stieß, fanden sie das Gelege einer Schafstelze. Keine Katze wird das Nest ausräubern, kein Stiefel es zertreten.

In der Mitte des Taifuns ist es windstill, dachte Marek.

Grote erinnerte sich einer Fachpublikation über das Verhalten der Vögel in den verwüsteten Gebieten Preußens während des Weltkrieges. Nach dem Russeneinfall ging der Vogelbestand fast um die Hälfte zurück. Störche, die im Frühling 15 aus dem Süden heimkehrten, fanden abgebrannte Häuser und menschenleere Dörfer vor; sie zogen weiter ins Baltikum, weil ihnen die verwüstete Gegend nicht wohnlich genug erschien. Ein Jahr später kamen sie wieder nach Hause.

Die Häftlinge nannten Grote den Vogelprofessor und Marek den Vogelmaler. Nachdem sich ihr Forschen herumgesprochen hatte, berichteten

Wachleute und Häftlinge von sonderbaren Vögeln, die ihnen hier und da begegnet waren. So kamen sie zu einem Rotkehlchen, das unter einem Wachturm im trockenen Gras des Vorjahres sein Nest gebaut hatte. Der Soldat auf dem Turm wunderte sich, dass das Tier selbst bei lauter Schießerei auf dem Gelege sitzen blieb. Marek zeichnete das Rotkehlchenstilleben unter dem Turm, während der Posten mit der Waffe im Arm von oben zuschaute.

Als die Rotkehlchen schlüpften, machte der Soldat Meldung. Sie hatten Mühe, die kleinen, noch nicht flugfähigen Vögel im trockenen Laub zu finden. Grote bat den Soldaten, darauf zu achten, dass den Kleinen niemand etwas zu Leide tut. Er versprach es.

Ein Häftling brachte ihnen einen Eichelhäher, den er bei Erdarbeiten gefunden hatte. Der Vogel ließ einen Flügel hängen, auch das rechte Bein schien lädiert.

Die größten Räuber haben die schönsten Kleider, bemerkte Grote.

Gemeinsam schienten sie das lahme Bein. Marek fütterte den Eichelhäher mit Würmern und postierte den Vogel so, dass er ihn mit größter Genauigkeit zeichnen konnte.

Danach gaben sie ihm die Freiheit. Er hüpfte mehr, als dass er flog, und nach drei Tagen fanden sie ihn tot am Lagerzaun.

Auch die schönsten Räuber müssen sterben, kommentierte Marek das Ende des Eichelhähers.

Grote beschloss, den Vogel zu präparieren, weil er auch im Tode schön aussah.

Auschwitz, 9. Juni 1941

Kommandantursonderbefehl

1. *Ich verbiete mit sofortiger Wirkung jedes Schießen an den Teichen. Lediglich der von mir beauftragte SS-Mann Hans Grote hat die Genehmigung, Vögel und Raubzeug abzuschießen.*
2. *Das Baden in den Teichen ist strengstens verboten.*
3. *Wie wiederholt beobachtet wurde, haben einige Männer an den Teichen geangelt. Wer angeln will, muss schon an die Sola oder Weichsel gehen. Angeln in den Teichen ist untersagt.*
4. *Gleichfalls verbiete ich das Betreten des Geländes um die Raiskoer Teiche sowie des Parkes in Raisko, der in Privatbesitz ist. Die damals in diesem Park begrabenen deutschen Soldaten sind bereits seit längerer Zeit auf den Heldenfriedhof in Bielitz überführt worden.*
   Zuwiderhandlungen gegen diese Verbote werde ich strengstens bestrafen.

Gez. Höß; SS-Sturmbannführer u. Kommandant

19.

Wenn der Sommer beginnt, sollte man in den Wald gehen und fröhliche Lieder singen. Der Südländer geht auf den Markt, der Deutsche in den Wald, sagte einer der großen Philosophen. Auch als der Sommer 41 begann, zogen die Deutschen in den Wald, in einen finsteren, undurchdringlichen Wald, der bis zum Ural reichte. Dass sich viele darin verirren würden, wusste noch niemand.

Der Sommeranfang fiel auf einen Sonntag. Das hielt Grote nicht davon ab, früh aufzubrechen; Sonntage galten ihm als besonders günstige Forschungstage, weil überall Ruhe herrschte und die Verbrennungsgruben nur mäßig räucherten. An diesem Morgen störte sie ein anderer Lärm, ein dumpfes Grollen wie von Gewittern, die sich fern im Osten, weit hinter Krakau entluden. Die Häftlinge hörten es und tuschelten.

Ich denke, es sollte Frieden werden, sagte Marek.

Nur noch dieser Kanonendonner, dann ist Frieden, erklärte Grote.

Ob so die Befreiung nahte?, fragte sich Marek. Oder will die Welt endgültig untergehen? Wäre es die Befreiung, würde sie Krakau zuerst erreichen, von dort die Weichsel aufwärts ziehen bis zur Ein-

80

mündung der Sola und eines schönen Sommertages im Morgengrauen vor dem Tor stehen. Über Nacht fielen alle Wachtürme um, die Zäune lägen augenblicklich flach. Von Oświęcim her käme eine Prozession singender und betender Menschen ins Lager und brächte Gott zurück.

Sie machten sich ihre Gedanken, wie es den Vögeln in jenem Inferno im Osten ergehen mochte? Einige werden vor Schreck tot vom Baum fallen, andere fliehen hinauf zu den Wolken. Wie hört es sich an, wenn eine Nachtigall singt und die Kanonen donnern? Das Verhalten der Vögel im Kriege wäre auch wissenschaftlich zu untersuchen, und wer wäre prädestinierter für diese Aufgabe als Hans Grote? Ob es vorkommt, dass eine Granate in einem Pulk ziehender Wildgänse explodiert? Was geschieht, wenn die Zugvögel in die Bahn der Bombengeschwader geraten? Wer stürzt zuerst ab, die Bomber oder die Vögel?

Dieser Sumpf muss noch trockengelegt werden, dann herrscht Ruhe, erklärte Grote den Kanonendonner im Osten.

Wenn er sich an die Front meldet, um Vogelstudien in Russland zu betreiben, was soll mit dir geschehen?, ging es Marek durch den Kopf. Am besten wäre es, er nähme ihn als Helfer mit. Wer von Oświęcim nach Russland reisen will, muss über Krakau fahren. Am Knie der Weichsel unterhalb der Burg wird Elisa stehen und sagen: Ich begleite euch.

Während ihr die Vogelwelt Russlands erforscht, koche ich das Essen. Solche sonderbaren Phantasien hatte Marek an dem Morgen, als der Russlandkrieg anfing.

An jenem denkwürdigen Sonntag, als sie an der Uferböschung der Sola saßen und einer Rohrammer zuhörten, die Mühe hatte, gegen den fernen Lärm anzusingen, entdeckten sie einen Steinadler. Marek erstarb in Ehrfurcht. Im Gras liegend, starrte er hinauf und war sich sicher, dass der Steinadler sie, das Lager, die Zäune, Wachtürme und Verbrennungsgruben beobachtete. Die mächtigen Vögel aus der Hohen Tatra verirrten sich nur selten in die Ebene des Zwischenstromlandes. Oder war es ein Aufklärer jenes neuen Krieges?

Aquila chrysaetos, erklärte Grote und breitete die Arme aus, um die Flügelweite des Vogels anzudeuten.

Marek zeichnete einen Steinadler aufs Papier, ließ aber den Kopf des Vogels hängen, die Flügel sahen aus wie gebrochen.

So sieht der polnische Adler aus.

Warte nur, Marek, wenn der Krieg zu Ende ist, wird auch der polnische Adler wieder fliegen.

Ich weiß, wo die Horste der Steinadler in den slowakischen Bergen sind.

Grote lachte.

Auf dem Weg nach Zakopane willst du in Krakau Station machen, deine Elisa käme zu dir und so weiter, und so weiter ... In drei Monaten wird unser drittes Kind geboren. Ich wollte Urlaub beantragen, aber nun muss erst das erledigt werden.

Grote zeigte in die Richtung, in der immer noch das Gewitter grummelte.

Er bekommt ein drittes Kind, und ich weiß nicht mal, wie Kindermachen geht, dachte Marek.

Grote erzählte von seinem Zuhause in einer lieblichen Universitätsstadt. Bald werde seine Familie nach Wien übersiedeln, einer noch schöneren Stadt als dein Krakau.

Und die Lagerkapelle wird »Geschichten aus dem Wiener Wald« spielen, und als Zugabe werden sie die »schöne blaue Donau« besingen, dachte Marek.

An der Universität Wien werde ich, sobald Frieden ist, eine Professur erhalten.

Um Vorlesungen über die Vogelwelt in Auschwitz zu halten, bemerkte Marek. Du siehst, Herr, für alle schönen Dinge im Leben brauchen wir weiter nichts als Frieden.

Sie saßen den ganzen Vormittag im Ufergras, wo es nach Pfefferminz duftete und die Frösche Sprungübungen von der Böschung ins moorige Wasser veranstalteten. Der Steinadler schwebte ohne Flügelschlag, als trüge ihn ein geheimnisvoller Wind, zurück nach Zakopane. Jeder dachte an die schönen Dinge, für die sie weiter nichts als Frieden brauchten. Noch am Vormittag verstummte der Kanonendonner.

20.

Im Sommer hörten die Brutvögel auf zu singen, für ein paar Wochen herrschte Stille. Auch der Kanonendonner hatte sich nach Osten verzogen. Die Deutschen siegten wieder. Marek sah es den Wachleuten an, sie lachten mehr als sonst. Das Gefühl der haushohen Überlegenheit, der Glaube an die eigene Unbesiegbarkeit ließ sie freundlicher sein, auch zu den Häftlingen. Am bösartigsten sind die, die verlieren.

Grote schloss seine Arbeit ab, sie musste nur noch ins Reine geschrieben und mit Zeichnungen versehen werden. Es nahte der Tag, an dem Grote zur Kommandantur gehen würde, um das Ende seiner Forschungstätigkeit zu melden. Der polnische Häftling Marek Rogalski hat mir gute Dienste geleistet, er hat es verdient, aus dem Lager entlassen zu werden, wird er sagen. Für diesen Tag hatte Marek sich eine bunte Postkarte gemalt. Sie zeigte Stiefmütterchen, die an einem Gartenzaun blühten, darüber ein Zweig Kirschblüten. Die Karte wollte er vorausschicken an Elisa. Sie wird ein schönes Kleid anziehen und Kuchen backen, und es wird alles so sein, wie es im Frieden gewesen war.

In der Kommandantur erfuhr Grote, das Dorf Birkenau solle vom Erdboden verschwinden, um an seiner Stelle ein großes Außenlager zu errichten. Ihm kam sofort die Idee, den Vogelbestand des Dorfes und seiner Umgebung im jetzigen Zustand zu ermitteln, dann die Veränderungen während der Bauarbeiten zu beobachten und schließlich den Endbestand nach der Fertigstellung zu registrieren, eine wahre Herausforderung für jeden Ornithologen.

Mein Auftrag ist verlängert worden, sagte er zu Marek. Ich werde noch bis zum Spätherbst die Vogelwelt beobachten, vorzugsweise in Birkenau. Und du musst mir helfen, Marek.

Ich wäre lieber zu den Schwarzstörchen an die Weichsel gefahren, antwortete Marek traurig und fragte, für wen das Riesenlager in Birkenau bestimmt sei.

Die Wehrmacht nimmt Tag für Tag zehntausend russische Soldaten gefangen, erklärte Grote. Birkenau soll ein Arbeitslager für hunderttausend russische Kriegsgefangene werden.

Marek erschrak wegen der großen Zahl.

Diese Deutschen ersticken an ihren Siegen, dachte er. Sie wissen nicht mehr, wohin mit den Besiegten.

21.

Noch vor Beginn der Bauarbeiten gingen sie nach Birkenau, einem verschlafenen Dorf, dem in den letzten hundert Jahren nichts Sonderbares widerfahren war. Zögernd näherten sie sich dem drei Kilometer westlich des Hauptlagers liegenden Flecken, überquerten die Bahnschienen, sahen linker Hand den Bahnhof Oświęcim. Auch er sollte ausgebaut werden. Wer nach Birkenau wollte, musste in Oświęcim aussteigen und sich auf einen halbstündigen Fußmarsch begeben. Wer von Birkenau aus in die Stadt fahren wollte, nach Krakau, Warschau oder Breslau, konnte sich mit einem Pferdefuhrwerk zum Bahnhof bringen lassen. So war es seit Erfindung der Eisenbahn gewesen. Dass Oświęcim eines Tages Endstation für Hunderttausende werden sollte, konnte in jenem Sommer niemand ahnen.

Noch arbeiteten alte Männer auf den Feldern, noch graste Vieh auf den Wiesen, vor den Häusern hing Wäsche auf der Leine. Die Bewohner gingen ihren Beschäftigungen nach, die der Jahreszeit angemessen waren. Die beiden Männer, die mit Fernglas und Notizbuch nach Birkenau kamen, hielten sie für Landvermesser.

Grote und Marek umwanderten das Dorf in immer enger werdenden Kreisen. Die ornithologischen Auffälligkeiten sprach Grote laut aus, Marek schrieb sie auf ein Blatt Papier. Er wunderte sich, wie Grote alle Nester in Büschen und Bäumen zuzuordnen wusste. Jeder Eierschale sah er an, wer da gebrütet hatte, er sammelte Federn und bestimmte, ob sie von einem Jungvogel stammten.

Im Dorf schlug Mareks große Stunde, als Grote ihn bat, als Dolmetscher zu fungieren.

Wie viele Storchennester gibt es in Birkenau?, fragte er einen alten Mann.

Früher seien Jahr für Jahr vier Storchenpaare gekommen, jetzt nur noch eines. Das liege am Krieg.

Ein Schwanenpaar gebe es auf dem Teich, wo das Moor beginnt. Dort lebten auch Wildenten und Haubentaucher.

Rotkehlchen und Zaunkönige habe er noch nie gesehen, sagte der alte Mann, und er lebe schon bald siebzig Jahre in Birkenau. Im November komme gelegentlich ein Seeadler zu Besuch, sitze drüben auf der trockenen Birke, wo das Moor anfange.

Wegen des Seeadlers hatte Grote gewisse Zweifel, vielleicht sei es nur ein ungewöhnlich großer Fischreiher gewesen.

Marek versuchte, sich hunderttausend Gefangene auf einem Areal von zweieinhalb mal zwei Kilometern vorzustellen, aber seine Phantasie versagte den

Dienst. Bei so großen Zahlen fallen regelmäßig Tote an, in jeder Nacht und an jedem Tag stirbt einer. Sie werden Massengräber ausheben müssen oder noch größere Verbrennungskuhlen, denn auch für das Außenlager Birkenau wird das Gesetz gelten: Alles Tote muss brennen.

Weil Grote so besessen war von der Bestandsaufnahme der ornithologischen Verhältnisse, kehrten sie erst bei Einbruch der Dämmerung ins Lager zurück, als die ersten Scheinwerfer von den Wachtürmen aus das Gelände absuchten. Während Grote sich zurückzog, um seine Notizen zu vervollständigen, durfte Marek noch ein Schauspiel auf dem Appellplatz erleben. Das Lagerorchester spielte den Badenweiler Marsch. Kaum wehten die letzten Töne über die Zäune davon, klapperte ein Karren, gezogen von sechs Häftlingen, auf den Platz. Auf ihm stand ein an Händen und Füßen gefesselter Mann. Der Karren hielt unter dem Galgen. Ein Wachmann legte dem Gefangenen einen Strick um den Hals. Das Ende des Stricks warf er über den Balken. Nun trat er zurück und befahl den Häftlingen, die vor den Karren gespannt waren, an dem Strick zu ziehen. In diesem Augenblick erschien ein Offizier und verkündete, der Gefangene müsse sterben, weil er Großdeutschland und seinen Führer beleidigt habe. Da heute aber eine große Kesselschlacht im Osten siegreich zu Ende gegangen sei, wolle man es zur Feier des Tages mit einer Tracht

Prügel genug sein lassen. Während die Strafe vollzogen wurde, spielten sie den Radetzkymarsch.

Sie haben so herrliche Lieder, dachte Marek. Johann Strauß, Beethoven und Mozart ..., aber sie haben auch dieses. Die schönsten Träume von Freiheit werden im Kerker geträumt, hat einer ihrer Dichter gesungen. Ein anderer nannte die Freiheit eine Kerkerblume. Wie ist es nur möglich, dass sie, die mit Dichtern, Philosophen und Musikern so gesegnet sind, dieses grausige Geschäft betreiben? Immerhin, eine große Kesselschlacht rettete einem Menschen das Leben.

22.

Der Sommer wurde groß. Am Strom reiften die Weichselkirschen, und die rote Blume Polens schmückte die aufgeworfenen Erdhügel in Birkenau. Wilder Mohn wächst gern auf Wällen aus frisch geschüttetem Sand, eine Blume für Gräber.

»Ich ging im Walde so für mich hin ...«, sang der große Dichter.

Es sei das schönste Liebesgedicht in deutscher Sprache, behauptete Grote.

Aber dann fiel ein Schuss, und aller Gesang verstummte.

Der Wind duftete nach Flieder. Immer wenn er aus Nordwest kam, brachte er diesen süßlichen Fäulnisgeruch mit, der sich mit dem Kohlenrauch der Lokomotiven vermischte. Da die Fliederzeit längst vorüber war, musste der Geruch andere Ursachen haben, vielleicht Faulbaum. Jerzy sagte, die Eisenbahnreisenden schlössen die Fenster, sobald der Zug sich Oświęcim näherte.

So muss es in der Hölle stinken, dachte Marek.

Grote schwärmte von Stifter und Ganghofer. Wir Deutschen lieben die Natur über alles, sagte er.

Da die Vögel ein Teil der Natur sind, lieben sie die natürlich auch, dachte Marek. Schon 1908 unterschrieb ein deutscher Kaiser ein Vogelschutzgesetz. Ein ornithologischer Dichter begleitete das Ereignis mit dem Reim: »Lasst uns unsre Vöglein schonen, die so hold sind und so traut …« Nur die Liebe zum Menschen war ihnen abhanden gekommen.

Dafür aber diese herzliche Zuneigung zur Musik: »Die Himmel rühmen …« sang der Chor des Konservatoriums.

Was gibt es da zu rühmen?, fragte Marek.

Elisa beharrte darauf, »Die Himmel rühmen« sei das Größte; sie ließ auf diese Musik nichts kommen. Aber die Lagerkapelle spielte den Radetzkymarsch zu Ehren einer Kesselschlacht und der Errettung eines einzigen Menschen.

Ende Juli tauchten die ersten Herbstdurchzügler auf – früher als sonst. Grote führte ihre zeitige Rückreise auf die kriegerischen Auseinandersetzungen im Baltikum und Nordrussland zurück. Hatten die Vögel auf dem Hinflug im Zwischenstromland längere Zeit gerastet, überflogen sie nun das Lager in großer Eile; die Häftlinge sangen ihnen wieder das Lied von den Wildgänsen. Sie zogen nach Süden, aber der Schlussrefrain reimte sich immer noch auf Norden und Morden.

Was die jungen Störche bewog, sich im Lagerbereich zu sammeln, mochte der Himmel wissen. Jedenfalls trafen sie an die hundert Jungstörche im freien Gelände zwischen Pławy und Birkenau.

Grote hoffte, eines der Tiere würde geschwächt zurückbleiben, sodass er es töten und präparieren könnte. Ein ausgestopfter Weißstorch auf dem Lehrerpult in der Schule seiner Kinder wäre doch eine Attraktion. Am nächsten Morgen waren alle Störche verschwunden.

23.

Die Maler bekommen Arbeit, sagte Marek zu Jerzy. In Birkenau werden sie für hunderttausend Menschen Baracken bauen, das Holz muss gestrichen werden.

Als Jerzy von den Hunderttausend hörte, sagte er nur: Du musst ihn umbringen. Wenn ihr am Fluss sitzt und den Vögeln zuschaut, erwürgst du ihn. Danach schwimmst du durch die Sola und bist frei.

Das ändert nichts an den Hunderttausend, antwortete Marek. Es gäbe nur zwei Tote mehr, ihn und mich.

Es kann so nicht weitergehen, sagte Jerzy. Sie bringen uns nach und nach alle um. Vorgestern haben sie Stanislaus an der Wand zwischen 10 und 11 erschossen. Fragst du nicht, warum? Nein, du brauchst nicht zu fragen. Es gab keinen Grund. Es war wieder einmal an der Zeit, einen von uns zu erschießen.

Ich habe mich nur mit der Kunst befasst, ich weiß nicht, wie Töten geht, sagte Marek. Dieser Grote hat mir nichts getan. Warum sollte ich ihn umbringen?

Sie haben uns überfallen, sie halten unser Land besetzt, und du findest keinen Grund, ihn umzubringen! Wenn du so denkst, bist du für uns verloren, sagte Jerzy. Du bist kein Pole mehr, Marek.

Dieser Satz tat ihm weh. Er quälte ihn eine ganze Nacht. Hatte er sich dem Deutschen schon so angepasst, dass er ihn nicht mehr als Feind sehen konnte? Er konnte ihn doch nicht umbringen, nur weil Grote Deutscher war.

Am nächsten Morgen hörte er Jerzy zu den anderen sagen: Da kommt unser Künstler, der kein Blut sehen kann. Aber um ihn herum tropft es überall rot.

24.

Fürs Erste wurde es nichts mit den Malerarbeiten. Die Maler bekamen Schaufel und Spaten in die Hand für die Erdarbeiten in Birkenau. Eine unerhörte Betriebsamkeit erfasste den kleinen Ort. Nachdem sie die Bewohner nach Oświęcim verbracht hatten, wo sich einige vorübergehend niederließen, andere mit der Bahn zu wohnlicheren Orten fuhren, rissen sie die Häuser ab. Einige Kommandos schleppten Steine, andere hoben Gräben aus und Löcher für die Latrinen. Sie rodeten das Gelände, schleppten Birken und Gestrüpp auf große Haufen, gaben die brennbaren Reste der Häuser dazu, vor allem die Strohdächer. Zum ersten Mal loderte in Birkenau ein Riesenfeuer.

Der Posten wollte sie zurückweisen, aber nachdem Grote sich ausgewiesen und seinen wissenschaftlichen Auftrag erläutert hatte, durften sie das Baugelände betreten. Es war von Wachmännern mit Hunden umstellt. Wo der Rauch nach Osten hin die Sicht versperrte, wurden besonders viele Wachen postiert; niemand sollte im Schutz der Rauchschneise von Birkenau fliehen.

Grote und Marek spazierten durch das von Bäumen und Sträuchern befreite Gelände, zweieinhalb mal zwei Kilometer flaches Bauland. Wäre der Untergrund nicht so moorig gewesen, hätten sie hier einen Flugplatz errichten können.

Grote hielt es für wenig wahrscheinlich, in diesem aufgewühlten Gelände noch Vögel anzutreffen. Der Seeadler, den der alte Mann an den Teichen gesehen hatte, wird wohl nicht wiederkommen. Er schrieb in sein Notizbuch den Satz: Außer den Krähen ist Birkenau vogelfrei.

Auch die schwarzen Vögel hätten ein besonderes Kapitel verdient. Lautlos überflogen sie die arbeitenden Häftlinge, ließen sich an einem Hang nieder, zu dem die ausgehobene Erde gebracht wurde. Sie hüpften zwischen den Häftlingen von einer Erdklute zur anderen und veranstalteten ein lautes Spektakel, wenn sie etwas Fressbares gefunden hatten. Sie erlebten das Spiel, das die Posten mit den Krähen trieben, aus der Nähe. Wenn ihnen der Lärm zu groß wurde, feuerten sie ein paar Schüsse ab. Sofort erhob sich der Schwarm, kreiste über dem Moor, um nach einiger Zeit wieder niederzugehen.

Aasfresser, sagte Marek.

Die Krähen suchen Würmer und Engerlinge. Grote hielt die Krähe für einen schönen Vogel, den zu präparieren es sich lohnen würde. Aber wenn wir eine Krähe schießen, wird der Vogel so zerfetzt, dass ein Präparieren sinnlos ist. Wir müssten Gift auslegen, nur eine kleine Probe, damit wir nicht die ganze Kolonie umbringen.

Das wäre das erste Gift in Birkenau, dachte Marek.

Als die Arbeitskolonnen abends abzogen, blieben Grote und Marek allein zurück auf der Baustelle Birkenau. Das Feuer war niedergebrannt, noch kräuselte weißer Rauch. Da der Wind gedreht hatte, zogen die Schwaden nach Oświęcim und mischten sich mit dem Rauch der Lokomotiven.

Da auch die Krähen mit den Arbeitskolonnen fortgezogen waren, blieb eine ungewohnte Stille zurück. Die Wildenten wasserten auf dem Teich, auch die Schwäne kamen nach Hause.

Hinter dem Erdwall, den die Krähen so gern besuchten, entdeckte Marek eine zweite Feuerstelle, eine Kuhle, aufgefüllt mit grauer Asche. Am Rande der Grube lagen angesengte Kleiderfetzen. Marek bekreuzigte sich.

Als er Jerzy davon erzählte, behauptete der, in Birkenau würden die Gesetze der Stadtplanung auf den Kopf gestellt. Bevor noch eine einzige Baracke errichtet wurde, ließen sie mehrere Verbrennungsgruben ausheben. Das ist so, als wenn du eine Stadt baust und mit dem Friedhof anfängst.

25.

Die Hitze lastete über dem Zwischenstromland, sie lähmte die Vögel in ihrem Flug und die Gefangenen bei der Arbeit. An einem solchen Tag war es angebracht, sich am Wasser aufzuhalten. Grote zeigte zum Weichselstrom und sagte: Wenn du willst, kannst du baden, Marek.

Er legte die Kleider ab, prüfte das Wasser und wunderte sich, wie kühl es war.

Grote saß auf einem Findling mit seinem Schreibblock auf den Knien. Griffbereit neben ihm lag die Pistole.

Du bist nie ein guter Schwimmer gewesen, schon gar nicht ein guter Taucher, sagte sich Marek. Darum hielt er sich nahe am Ufer, um nicht in die reißenden Wirbel zu geraten. Bis zum Hals im kühlen Wasser stehend, überkamen ihn sonderbare Gedanken. Wenn er nun doch in die Wirbel geriete, einfach vom Strom davongetrieben würde. Das wäre kein Fluchtversuch, sondern ein Unglück. Vielleicht wollte Grote ihm Gelegenheit geben, auf diese Weise unterzutauchen.

Der saß gedankenverloren über seinen Papieren und beachtete ihn nicht.

Ein Flintenschuss ließ sie aufschrecken. Auf der anderen Seite des Stromes schoss ein Soldat Wildenten. Da das linke Weichselufer nicht zum Lagerbereich gehörte, fiel die Schießerei nicht unter das Verbot des Lagerkommandanten. Trotzdem ärgerte sich Grote, weil es seine Arbeit störte.

Er befahl Marek, aus dem Wasser zu kommen.

Nackt und nass bis zu den Haarspitzen entstieg Marek der Weichsel. Da er kein Handtuch besaß, legte er sich zum Trocknen in die Sonne. Traurig blickte er der reißenden Strömung nach. Er hatte eine Gelegenheit vergeben, mit der Weichsel nach Hause zu schwimmen.

Deine Elisa wird ihre Freude an dir haben, sagte Grote. Wenn sie es denn erlebt.

Für diesen Satz hätte er ihn umbringen können. Gelegenheiten dazu gab es immer wieder. Wenn er auf einem Baumstamm saß, versunken in den Anblick eines Vogelnestes. Wenn er mit dem Fernglas das Schilfdickicht absuchte. Wenn er den Vogelflug am Himmel beobachtete ... Du brauchst nur die Hände um seinen Hals zu legen und zuzudrücken, den Körper in den Fluss zu werfen und zu warten, bis er untergegangen ist, hatte Jerzy gesagt. Dann wäre er ein Held, aber ein Held mit einem Loch im Bauch oder mit einem langen Hals am Galgen des Lagers. Und die Malerkolonne müsste zuschauen. Du kommst nur mit ihm raus, nicht gegen ihn, dachte Marek. Er wird mit dir nach Krakau fahren zu den Schwarzstörchen und Schleiereulen.

Grote steckte sich eine Zigarette an, kam zu Marek und ließ ihn ein paar Züge ziehen.

Zur Feier des Tages, sagte er.

Was mochte er zu feiern haben?

In drei Wochen kommt unser drittes Kind auf die Welt. Meine Frau hat es mir geschrieben, es geht alles gut.

Dafür haben diese Herren auch noch Zeit, dachte Marek. Heimaturlaub zum vergangenen Weihnachtsfest, und im September kommt das dritte Kind.

Ein Junge sollte Siegfried heißen, ein Mädchen Gertrud.

Marek malte sich den weiteren Lauf der Dinge aus: Zur Geburt des Kindes wird Grote Urlaub beantragen. Für die Urlaubszeit wird er Marek zu den Malern schicken, um die ersten Baracken in Birkenau anzustreichen. Oder er lässt Marek auch auf Urlaub fahren, er lässt ihn die Weichsel hinabschwimmen oder zu Fuß nach Krakau gehen.

Grote erzählte von seinen Kindern. Der Junge gehe schon zur Schule, das Mädchen spiele Flöte und singe wie eine Nachtigall.

Die Kinder von Ornithologen müssen ja wie Nachtigallen singen, meinte Marek.

Die Sprache, die ihm anfangs so abweisend vorgekommen war, wurde ihm wieder vertrauter. Die

Kinder am Rhein sangen so schöne Lieder: »Ich weiß nicht, was soll es bedeuten ...« Das Mädchen spielte Vogellieder auf der Flöte, in der Schule übten sie Frühlings- und Sommerlieder. Wie liebevoll er von den Kindern sprach! Wie behutsam er mit den Vögeln umging! Sein ganzes Interesse galt den kleinen Lebewesen, was um ihn sonst noch geschah, ging ihn nichts an. Er imitierte Vogelstimmen, seine Tochter spielte Flöte und sang wie eine Nachtigall. »Kommt ein Vogel geflogen, setzt sich nieder auf mein' Fuß, trägt ein Brieflein im Schnabel von Elisa einen Gruß«. Bei solchen Liedern kannst du nur traurig werden.

Bist du freiwillig in dieses Lager gekommen?, wagte er zu fragen.

Ein Soldat tut seine Pflicht und geht dahin, wo es befohlen wird.

Aber warum bist du bei der SS? Es hätten ja auch die Panzer sein können oder die Artillerie.

Eigentlich wollte ich zur Luftwaffe.

Fliegen wie die Vögel, dachte Marek, frei sein wie die Vögel.

Noch zu Friedenszeiten machte ich einen Flugschein für Sportflugzeuge. Als der Krieg ausbrach, war es zu Ende mit der Sportfliegerei. Also gehst du zur Luftwaffe und fliegst die alte Tante Ju, dachte ich mir. Aber Görings Herren erklärten mir, mit einunddreißig Jahren sei ich zu alt für die Luftwaffe.

Fliegen wäre besser gewesen, dachte Marek. Warum als zweite Wahl die SS?, fragte er.

Diese Uniform gibt mir viele Möglichkeiten, Marek. Ohne sie hätte ich niemals Gelegenheit erhalten, die Vogelwelt im umschlossenen Raum eines Lagers zu erforschen.

Bist du zu den Vögeln gegangen, weil dir der Dienst mit der Waffe am Tor nicht gefiel?, fragte Marek.

Es ist ein ehrenvoller Auftrag, in dieser Gegend die Vogelpopulation zu erforschen. Das Land zwischen Sola und Weichsel gehört zum Deutschen Reich. Wir erforschen unsere Gebiete gründlich, auch in ornithologischer Hinsicht. Meine Aufgabe ist es, diesen weißen Fleck auf der deutschen Landkarte mit Leben zu erfüllen.

Marek störte sich an dem Ausdruck »mit Leben erfüllen«, er sagte aber nichts. Gut, dass es Deutschland ist, dachte er. Polnische Erde würde so etwas wie Auschwitz und Birkenau nicht ertragen.

Ob die Vögel zwischen Weichsel und Sola wissen, dass sie deutsch geworden sind?

Grote lachte.

Ja, es sind deutsche Vögel.

Also singen sie auch deutsche Lieder, meinte Marek und summte eine Melodie, der man nicht anmerken konnte, ob sie deutsch oder polnisch war. Bliebe noch zu klären, wem die Zugvögel gehörten. Grote neigte dazu, sie dem Land zu geben, in dem sie ihre Brutgeschäfte erledigten. Die Störche seien auf keinen Fall Afrikaner, entschied er, sondern mit ihrem schwarz-weißen Gefieder echte Preußen.

Vielleicht sind die Schwarzstörche Afrikaner, sagte Marek. Wir sollten sie besuchen, bevor sie von den Bäumen geschossen werden.

Im nächsten Jahr, Marek.

So lange wollte er nicht warten. Wer weiß, ob es im nächsten Jahr noch Schwarzstörche gibt? Ob es überhaupt ein nächstes Jahr gibt.

Auf dem Heimweg erschoss Grote eine streunende Katze.

Katzen sind die größten Feinde der Singvögel, erklärte er.

Und Feinde müssen sterben?, fragte Marek.

So ist es. Wir können sie nicht umerziehen und ihnen das Räubern abgewöhnen, wir können sie nur töten.

Marek trug die Katze zur Verbrennungsgrube und warf sie zu den schwelenden Kadavern, weil es die Ordnung im Lager so verlangte: Alles Tote musste brennen.

Liebe Elisa!

Ich habe geträumt, wir hätten im Himmelbett des Königs Sigismund geschlafen. Es war sehr angenehm.

Du darfst auf keinen Fall in dieses Lager kommen. Der SS-Mann, für den ich arbeite, sagt: Wer dieses Lager betritt, kommt nie wieder raus. Ich werde mich bemühen, Dich in Krakau zu besuchen. Bis das möglich ist, müssen wir warten.

Gestern erlaubte der SS-Mann mir, das Lagerkino zu besuchen. Sie zeigten einen Revuefilm mit viel Musik und Tanz. Dabei fiel mir ein, dass wir noch nie richtig getanzt haben; als das Tanzen losgehen sollte, fing der Krieg an. Während der Kinovorstellung musste ich immer an den Galgen denken, der in der Nähe des Kinos steht und an dem ein kleiner, schwarzhaariger Mann hing. Nach der Vorstellung war er verschwunden.

26.

Wie verhalten sich Vögel, wenn der Mensch ihren Lebensraum auf den Kopf stellt? Das war die wissenschaftliche Frage, die Hans Grote beantworten wollte. Frühmorgens, bevor die Kolonnen ausrückten, zog er mit Marek in die stille Welt von Birkenau. Arbeitsgerät stand herum, leere Loren, an denen Dreck klebte. In einer Grube schwelte Feuer, das gestern noch gelodert hatte. Möwen hüpften über aufgebrochene Erdschollen. So früh am Morgen fehlten die Krähen; entweder hatte man sie wirklich vergiftet oder sie schliefen am Waldrand von Brzeszcze. Den fünf Quadratkilometern konnte niemand anmerken, was ihnen bevorstand. Grote schien es zu ahnen, denn einmal sagte er: Hier entsteht etwas ganz Großes.

Hunderte von Betonpfählen mit Isolatoren für die elektrischen Kabel hatten sie ins Erdreich gerammt, sie glichen abgestorbenen Baumstämmen im Sumpfgelände. Wenn der Zaun fertiggestellt ist, folgen die Wachtürme; von ihnen aus werden die Scheinwerfer das Gelände absuchen. Erkennbar war der Weg, der breit wie eine Paradestraße mitten hinein führen sollte. Rechts und links davon liefen Sackgassen, die an den Betonpfählen endeten. Ziegelberge für die Fundamente und Bretter für Dächer und Seitenwände lagen herum und warteten auf die Baumeister.

Noch war die Vogelwelt in Ordnung. An dem abseits gelegenen Teich registrierte Grote Stockenten, Blässhühner und Haubentaucher; ein Schwanenpaar gründelte im flachen Wasser, zwei graue Jungschwäne sahen zu. Hinter dem Verbrennungsplatz fanden sie eine verwilderte Fläche mit Weidengestrüpp, halbwüchsigen Birken und Sumpfgras, ein idealer Platz für Vögel, aber die Gegend schien tot zu sein. Irgendetwas war diesem Sumpf zugestoßen. Während sie den toten Sumpf begutachteten, kamen vom Hauptlager die ersten Kolonnen. Sie hörten es an der Militärmusik, mit der die Lagerkapelle ihren Auszug begleitete. Mit ihnen erschienen auch die Krähen und ließen sich am Erdwall nieder. Bald wuselten kleine Strichmännchen in gestreifter Kleidung durchs Gelände. Als Grote ihm sein Glas reichte, sah Marek die Männer aus der Nähe, junge und alte, große und kleine. Sie sprachen miteinander, einer lachte sogar, ein anderer schnaubte seine Nase.

Unter die Krähen am Erdwall hatten sich Möwen gemischt, die der Hunger landeinwärts getrieben hatte. Grote studierte die Hierarchie der schwarzen und weißen Räuber; er fand heraus, dass die Krähen das Gelände beherrschten, allerdings waren sie auch in der Überzahl. Zu einem regelrechten Vogelkrieg

106

kam es, als an die drei Dutzend Graugänse, die auf dem Rückflug nach Süden waren, ihre Reise für eine Rast unterbrachen und den Krähen den Erdwall streitig machten. Warum rasten die an einem so unwirtlichen Ort?, fragte sich Marek. Wollen sie herausfinden, was in Birkenau geschieht, um es der Welt zu erzählen? Er dachte, die Welt werde es wahrnehmen und sich wundern über die vielen Baracken, die zwischen Weichsel und Sola aus dem Boden wuchsen.

Grote schrieb in sein Notizbuch, die Gänse hätten sich, obwohl in der Minderzahl, gegenüber den Krähen behauptet, indem sie eine Art Wagenburg gebildet und ein Areal von fünfzig mal fünfzig Metern verteidigt hätten.

Wie wäre es mit Gänsebraten?, fragte Marek.

Zugvögel dürfen nicht geschossen werden, erklärte Grote.

Es fiel aber doch ein Schuss, und eine der Graugänse blieb getroffen auf dem Erdhügel liegen. Der Wachsoldat schickte einen Häftling aus, die tote Gans zu bergen. Ein anderer entfachte aus trockenem Gras und Holzstückchen ein Feuer, der Soldat sah zu. Die Federn brannten, der geschwärzte Leib wurde aufgeschnitten und die Innereien den Krähen zum Fraß hingeworfen.

Also doch Gänsebraten, bemerkte Marek.

Als Grote den Wachmann zur Rede stellte, erklärte der, die Gänse hätten die Arbeit der Häftlinge behindert, er habe sie mit einem Schuss vertreiben wollen, die Kugel habe eher zufällig eines der Tiere getroffen. Also Gänsebraten.

Nach diesem Zwischenfall erreichte Grote beim Kommandanten eine Verschärfung des Verbots, auf Vögel zu schießen. Es wurde nun auf das ganze Gebiet zwischen Weichsel und Sola ausgedehnt, »weil das Schießen die wissenschaftliche Erforschung der Vogelwelt behindere«. Ausgenommen blieben die Spatzen. Sie hatten sich dermaßen vermehrt, dass die kleinen grauen Vögel zur Plage geworden waren. Sperlinge waren auch nicht Gegenstand wissenschaftlichen Interesses.

In den Wintermonaten und im zeitigen Frühjahr ließ mir mein Dienst bei der Waffen-SS nur wenig Zeit zu ornithologischen Beobachtungen. Erst im Sommer und Frühherbst konnte ich mich intensiver meinen Studien widmen. Ich konzentrierte mich zunächst auf die Zugvögel, dann auf die Standvögel im Bereich des Lagers, um ein möglichst vollständiges Bild von der Vogelfauna dieses interessanten und noch ganz unbearbeiteten neuen deutschen Ostgebietes zu gewinnen.

27.

Bei ihrem nächsten Besuch begleitete sie ein Offizier und erklärte die Baupläne und den Stand der Arbeiten. Sie schritten die breite Straße ab, die das Lager in zwei Teile schnitt. Die Umzäunung war fertiggestellt, einige Baracken standen schon und warteten auf die Anstreicher.

Eines Tages werden hier dreihundertfünfzig Baracken stehen, hörte Marek den Offizier sagen.

Eine Zahl, die ihn schwindelig machte. Wozu brauchten sie dreihundertfünfzig Baracken? Im Hauptlager gab es achtundzwanzig doppelstöckige Blöcke, in Monowitz werden sie eine Fabrik und ein Außenlager bauen, und alles soll überboten werden von dem gigantischen Komplex namens Birkenau. Wo kommen die Menschen her für so viele Baracken? Eine unheimliche Bauwut hatte sie befallen wie eine Krankheit. Sie bauten ein Lager nach dem anderen. Was sie auch anstellten, es schaffte Bedarf nach neuen Lagern. Wenn man ihnen nicht Einhalt gebietet, werden sie die Welt einzäunen. Nur die Vögel können sie nicht einsperren; die fliegen, wohin sie wollen.

Neben den Erdwall werden wir ein Krematorium bauen, hörte er den Offizier sagen.

Keine Frage, wer ein so großes Lager plant, muss an alles denken, an Latrinen und Waschräume, an Küchen, Krankenbaracken und natürlich auch an die Toten. Marek versuchte, sich Birkenau in fertigem Zustand vorzustellen mit Barackenreihen bis zum Horizont und Menschen, Menschen, Menschen, die sich um ein großes Krematorium versammelten.

Versteht er deutsch?, fragte der Offizier und zeigte auf Marek.

Grote nickte.

Der Offizier trat nahe an Grote heran und sagte hinter vorgehaltener Hand: Der Kommandant fürchtet, wir sollen der Schuttabladeplatz Europas werden. Alles, was sie anderweitig nicht unterbringen können, schicken sie nach Auschwitz, und wir müssen sehen, wie wir damit fertig werden.

Grote setzte sich auf einen Stein und schrieb Notizen in sein Büchlein. Er war schweigsam geworden. Ob ihn der »Schuttabladeplatz Europas« bedrückte? Seine Stimmung heiterte sich erst auf, als er die Starenschwärme beobachtete, die über der Stadt Oświęcim ihre Kehren und Kreise zogen. Welch eine Harmonie!

28.

Als sie auf dem Erdhügel am Eingang standen, wo das Torhaus und die Unterkünfte für die Wachmannschaften gebaut wurden, konnten sie Birkenau gut überblicken. Hier war es, wo Marek die Frage zu stellen wagte, wo die vielen Menschen herkommen sollten für über dreihundert Baracken.

Grote antwortete nicht, blickte zum Himmel, als suche er kreisende Vögel.

Er nimmt nicht wahr, was hier vorgeht, dachte Marek. Er blickt zum Himmel, und zu seinen Füßen liegt das Elend. Wie kann er so leben? Will er es nicht sehen? An dem, was hier geschieht, kann er nichts ändern, er muss seine Pflicht tun, wie die Deutschen es nennen. Nicht einmal sprechen darf er mit dir darüber, weil es ihn gefährden würde. Also berauscht er sich an der Harmonie des Vogelzuges.

Du fängst an, ihn in Schutz zu nehmen, Marek Rogalski, rief er sich zur Ordnung. Je länger du mit ihm unterwegs bist, desto mehr gerätst du auf seine Seite.

Grote notierte die Zahl der Blässhühner auf dem Teich hinter dem Verbrennungsplatz, Marek zählte

Stockenten. Ein Kleiber lief kopfunter einen Baum-
stamm herab, ließ sich auch nicht stören, als ein
Schuss fiel. Aber die Haubentaucher tauchten, die
Blässhühner verkrochen sich im Schilf, und die
Enten flogen zu anderen Teichen.

Ich denke, das Schießen ist verboten, wunderte
sich Marek.

Nur das Schießen auf Vögel, antwortete Grote.

Sie trafen die Männer der Malerkolonne, die sich
nun endlich mit den neuen Baracken beschäftigten.

Marek wollte die Gruppe begrüßen, aber Grote
verbot es ihm.

Die wollen nichts mehr mit dir zu tun haben, sie
halten dich für einen Verräter.

Hast du einen schönen Freund gefunden?, rief
ihm Stanislaus in polnischer Sprache zu.

Marek hörte, wie sie über ihn lachten. Er sah den
Posten, der auf den Rufer zutrat und ihm einen Kol-
benschlag ins Gesäß versetzte.

Zu denen kannst du nicht zurück, sagte Grote.
Sie würden dir den Hals umdrehen.

Marek konnte das nicht glauben. Es waren seine
Leute. Was hatte er ihnen getan? Er rannte mit
einem SS-Mann durchs Gelände und zeichnete
Vögel. Das war doch nichts Böses?

Du bekommst eine Vorzugsbehandlung, erklärte
Grote. Du brauchst nicht zu arbeiten, du bekommst
bessere Verpflegung als die anderen; das reicht aus,
um dich zu hassen.

War das nun die Psychologie der Vögel oder der Menschen?

Der Posten fragte Grote, ob er den Rufer zur Sonderbehandlung ins Lager geben solle. Grote schüttelte den Kopf. Er hat nichts Schlimmes gesagt.

Am Abend versuchte Marek, mit Jerzy zu sprechen, aber der verweigerte sich. Wenn du ihn nicht umbringst, gehörst du nicht mehr zu uns. Wir wollen Polen von dieser Pest befreien, und du gehst mit ihr spazieren.

Mit deinen polnischen Malern kannst du nicht mehr zusammenleben, entschied Grote am nächsten Morgen. Marek zog in einen anderen Block, und seine Träume zogen mit ihm.

Liebe Ines!

Nun, da das große Ringen im Osten begonnen hat, wird es wohl nichts mit einem Heimaturlaub zur Geburt unseres Kindes. Wir haben Urlaubssperre. Erst muss diese Sache erledigt werden.

Ich bin nur froh, dass ich bei der schweren Arbeit, die hier zu verrichten ist, nicht selbst mit Hand anlegen muss. Noch immer beschäftige ich mich mit der Vogelwelt.

Deine Sorge, ich könnte an die Front versetzt werden, ist unbegründet. Es gibt noch vieles zu erforschen.

29.

Es kam zu einer übermäßigen Beanspruchung des Krematoriums im Stammlager. Der Ofen verschlang pro Tag an die dreihundertfünfzig Leichen, aber es fielen mehr an. Einige mussten nach Birkenau geschafft werden, um dort in einem Massengrab hinter dem Teich verscharrt zu werden.

Warum sterben so viele Menschen?, fragte Marek.

Im Block 10 haben sie Versuche mit neuen Medikamenten auf Phenol-Basis unternommen. Dabei muss etwas schiefgelaufen sein.

Ach, es ging pausenlos etwas schief. Im Block 10 sterilisierten die Ärzte Frauen, um dieses oder jenes herauszufinden, vor allem aber, um zu verhindern, dass sich ihr nicht so wertvolles Leben fortpflanzte. Auch dabei ging ab und zu etwas schief. Was geschah eigentlich mit den Kindern, die im Lager geboren wurden?

Grote wusste es nicht.

Ein Häftling brachte dem Vogelprofessor einen Mauersegler, der geschwächt am Lagertor niedergegangen war und sich ohne Widerstand hatte fangen lassen. Als Grote ihn untersuchte, starb der Vogel in seiner Hand.

So ein kleiner Vogel und so große Hände, klagte Marek. Er hat sich zu Tode erschrocken.

Wohin wollte er fliegen?, fragte der Häftling, ein dunkelhaariger Mann mit einem Bärtchen auf der Oberlippe.

Den Winter verbringen die Mauersegler in Afrika.

Der Häftling erzählte von einer Hochzeitsreise nach Sorent, die er lange, lange vor dem Krieg unternommen hatte. Dort hätte er Schwärme von Mauerseglern gesehen.

Ja, fliegen wie die Mauersegler, dachte Marek. Nicht nach Sorent, ihm genügten schon die Türme Krakaus.

Als die Sperlinge sich in Schwärmen zusammentaten und über die Felder herfielen, erklärten die Wachleute das Spatzenschießen zum Sonntagsvergnügen. Auch die Stockenten auf den Teichen von Harmense wurden zum Abschuss freigegeben; nur wenigen gelang es, zu entkommen. Um die getroffenen Tiere aus dem Schilf zu holen, brachten sie Jagdhunde ins Lager, weil die Hunde der SS nur auf das Apportieren von Menschen dressiert waren. Die geschossenen Enten wurden zum Abtropfen vor die Lagerküche gehängt, Grote durfte sie fachmännisch untersuchen. Er stellte fest, dass weitaus mehr männliche als weibliche Tiere geschossen worden waren. Warum, konnte auch der Ornithologe nicht ermitteln. Nach der Inspektion kamen einige aus

dem Frauenblock, um die Enten zu rupfen und auszunehmen. Wer den Entenbraten serviert bekommen sollte, erfuhren sie nicht.

Unter den Frauen war eine, die sah aus wie Elisa.
Schwarzhaarig, langer Rock, ein Tuch um den Hals.
Sie winkte Marek zu. Als er nähertrat, lief sie davon.

Marek Rogalski, du bist vierundzwanzig Jahre alt
und zu jung, um den Verstand zu verlieren. Nimm
dich zusammen, denke nicht nur an Friedhöfe und
Krematorien. Denke an das Kleine, Entenbraten
zum Abendbrot wäre doch eine angenehme Ab-
wechselung.

30.

Die Häftlinge reinigten den Appellplatz. Hatte der Kommandant Geburtstag, oder gab es einen Sieg zu feiern oder eine Beförderung? Vielleicht besuchte der Reichsführer-SS das Lager, um sich vom zügigen Ausbau zu überzeugen. Oder der Krieg war zu Ende, und alle Gefangenen durften nach Hause. Marek saß auf den Eingangstufen seines Blocks und sah zu, wie die Kapelle aufzog. Vor der Kommandantur nahm sie Aufstellung, ein Ledersessel wurde ins Freie getragen, der Kommandant erschien in Begleitung seiner Offiziere.

An jenem Tag bemerkte Marek zum ersten Mal, wie er anfing, den Verstand zu verlieren. Er sah den Dirigenten den Taktstock heben, er verfolgte seine hektischen Armbewegungen, vernahm aber keinen Ton. Die Geiger fiedelten, die Bläser stießen ins Horn … Marek hörte nichts. Auch als die Sänger die Mäuler öffneten, drang nichts an sein Ohr. Mit einem gewaltigen Paukenschlag, den Marek sah, aber nicht hörte, endete das Stück. Der Kommandant schlug sich auf die Schenkel, die Offiziere klatschten; Letzteres wiederum hörte er deutlich, so auch das Flöten einer Amsel auf dem Dachfirst und hinter ihm das Klappern jenes Karrens, der zum Krematorium unterwegs war.

Sie schoben einen Flügel vor die Tür. Ein älterer Herr erschien, setzte sich auf einen Schemel vor das Instrument und verharrte regungslos. Sie hatten ihm erlaubt, die Häftlingskleidung zu wechseln. Er trug einen schwarzen Rock, der bis zu den Knien reichte, auf dem Kopf eine Perücke, den gelben Stern hatte er für die Dauer der Vorstellung abnehmen dürfen. Der Mann erinnerte Marek an einen galizischen Juden, den er oft auf dem Markt in Krakau getroffen hatte.

Nun öffnete er den Deckel, seine Hände glitten über die Tastatur, aber Marek hörte nichts. So ging das wohl fünf Minuten. Wieder lebhafter Beifall, den Marek deutlich vernahm. Der Pianist erhob sich, verneigte sich vor dem Kommandanten, nahm wieder Platz, denn es erschien eine Dame, groß und mächtig, wie einer Wagneroper entsprungen, die er am Klavier begleiten sollte. »Sah ein Knab' ein Röslein stehn« sang sie, und Marek verstand plötzlich jedes Wort. Er sah auch, wie der Kommandant sich vor Rührung die Augen wischte. Grote wird ihm später erklären, dieses Lied sei eine Symbiose höchster deutscher Poesie und deutscher Musik.

Nun trat Grote vor den Kommandanten und überreichte ihm den präparierten Graureiher. Der Kommandant lächelte, seine Hand glitt über das Gefieder des Vogels. Er bedankte sich mit Handschlag, und die Sängerin verabschiedete er mit einem Handkuss. Grote erklärte am Abend, die Diva sei mit dem Auto nach Breslau gebracht worden.

Es trat auch ein Frauenorchester auf, das Marek zum ersten Mal erlebte, vermutlich war es eigens zu diesem Fest zusammengestellt worden. Er sah Geigen und Flöten, hörte aber wieder keinen Ton. Auch hier kam eine Person vor, die ihn an Elisa erinnerte: schwarzhaarig, langer Rock, ein Tuch um den Hals. Sie hielt eine Geige in der Hand, Marek sah, wie der Bogen über die Saiten strich, aber er hörte nichts. Der Boden unter seinen Füßen begann zu schwanken, er fürchtete, der Block werde über ihm zusammenstürzen.

Nach der Vorstellung kam Grote vorbei.

Das war Chopin, sagte er.

Kein Wunder, dass ihm die Musik aufs Gehör geschlagen war. Wie konnten sie Chopin in Auschwitz spielen?

Die Deutschen können nicht nur schießen, sie lieben auch die Musik, sagte Grote und lachte ihn an.

Was in so einem Lager alles möglich ist, wunderte sich Marek. Die Träumerei von Schumann, die Ungarischen Tänze von Brahms, nun auch noch Chopin.

Der Kommandant war sehr angetan von unserem Graureiher, sagte Grote.

121

Er trat nahe zu ihm und flüsterte: Du solltest deine Einbürgerung als Volksdeutscher beantragen, Marek. Bestimmt gibt es in deiner Familie eine deutsche Großmutter, in Polen gab es zu allen Zeiten deutsches Blut. Ich werde deinen Antrag befürworten, weil du ein guter Künstler bist und das Zeug hast, auch ein guter Deutscher zu werden.

Das Gehör war wieder da, aber nun verschlug es ihm die Sprache.

Als Deutscher darfst du dieses Lager sofort verlassen, hörte er Grote sagen. Wenn ich mit meiner Forschungsarbeit zu Ende bin, kannst du nach Hause gehen.

Um in Freiheit zu sterben, dachte Marek. Sie werden dich sofort in eine feldgraue Uniform stecken, und übermorgen bist du tot.

Ich kann nicht schießen, Herr, sagte er.

Du wirst es lernen, Marek. Wir haben es alle lernen müssen.

Ein Grund für die reichhaltige Vogelpopulation im Bereich des Lagers mag das Fehlen natürlicher Feinde sein. Hunde und Katzen haben keinen Zugang. Wo man sie streunend antrifft, werden sie von den Wachleuten auf der Stelle erschossen. Füchse sind in den Feuchtgebieten ohnehin nicht heimisch. Nur die Raubvögel, vor allem Bussarde und Elstern, sorgen für eine gewisse Dezimierung der Vogelpopulation.

Habe festgestellt, dass die Goldammer in dieser Gegend teils Stand-, teils Zugvogel ist, der Gimpel vor allem Standvogel. Verbreitet an den Teichen von Harmense sind die Rohrammern.

31.

Marek übergab Grote zwei Bildchen, die er einem Brief an die Kinder beilegen sollte. Für das Mädchen hatte er einen Storch gemalt, für den Jungen einen pechschwarzen Raben. Dem dritten Kind versprach er einen Adler, so ein furchterregendes Tier wie in der Deutschen Wochenschau.

Wie nur die Zeit davonlief. Sie näherte sich jenem Datum, an dem das Unglück angefangen hatte. Zwei Jahre war er in ihren Händen, und niemand machte sich Gedanken, wie es enden sollte. Grote fragte auch nicht, ob es einen vernünftigen Grund gab, Marek Rogalski so lange festzuhalten. Es gab keine Stelle, der er sich anvertrauen konnte. Kein Gericht, kein Polizeibüro war in der Lage, den Fall Marek Rogalski zu überprüfen. Kein Priester hörte ihn an. Was hatte er Böses getan? Was musste er besser tun, um vor den Herren Gnade zu finden? Früher nannten sie es vogelfrei. Ach, wäre er nur so frei wie die Vögel.

Er wollte Grote nun doch um Erlaubnis bitten, einen Brief an Elisa schreiben zu dürfen. Nur, um ihr zu sagen, dass er noch lebe und zu ihr zurückkehren werde. Als er aber hörte, die Krakauer Juden würden alle in das Ghetto nach Podgórze gebracht, ließ er den Gedanken fallen. Was er Elisa mitzuteilen hatte, könnte er auch heimlich zu Papier bringen, jeden Abend und jede Nacht. Und wenn er es geschrieben hatte, verwandelte er sich in einen Vogel, der mit dem Brief im Schnabel nach Krakau flog. Oft war er eine weiße Taube.

Seine Nächte waren voller Unruhe. Oft war er froh, wenn das Tageslicht ihn weckte und er den Starenschwärmen zusehen konnte, die ihren Formationsflug über der Weichsel übten. Hunderte von Vögeln zogen über den Himmel, als folgten sie einer geheimnisvollen Melodie. Sie erklommen Berge und fielen in Täler, sie zogen Kehren und Kreise, es gab kein schöneres Bild als die Starenschwärme im September.

Grote hatte mit seinen Kameraden Wetten abgeschlossen, es sollte ein Junge werden. Als die Nachricht von der Geburt eines Mädchens eintraf, zeigte er seine Enttäuschung nicht. Er drückte Marek eine Zigarette in die Hand, gemeinsam saßen sie am Solaufer und rauchten zu Ehren der kleinen Gertrud. Damit die Mädchen nicht überhand nehmen, sollte es beim nächsten Mal ein Junge werden, erklärte er. Er plante also schon ein nächstes Mal. Um das zu bewerkstelligen, musste er um Urlaub nachsuchen. Aber immer noch bestand Urlaubssperre.

125

Ich könnte auch schon Kinder haben, sagte Marek. Ist es nicht unanständig, eine Verlobte zwei Jahre allein zu lassen?

Krieg ist Krieg und Schnaps ist Schnaps, antwortete Grote. In diesen Zeiten müssen wir alle unsere Frauen, Bräute und Kinder oft alleinlassen.

Wenn du ein gutes Wort für mich einlegst, werden sie mich entlassen, Herr. Es war ein Irrtum, es gab keinen Grund, mich einzusperren. Ich habe mich nur um die Kunst gekümmert, um nichts anderes.

Grote blickte ihn erstaunt an.

Russland liegt am Boden, der Krieg ist bald zu Ende, dann dürfen alle Gefangenen nach Hause. Es gibt nur eine Möglichkeit, vorzeitig entlassen zu werden: Du musst eine deutsche Großmutter finden!

32.

Als die ersten Russen kamen, war Birkenau noch nicht bezugsfertig. Also mussten sie ins Stammlager, wo die Phenol-Aktion ein wenig Platz geschaffen hatte. Sie sahen so aus, als wären sie zu Fuß von Smolensk oder irgendeiner Kesselschlacht bis ins Zwischenstromland gewandert, verstaubt und müde. Einige trugen Verbände an Kopf und Armen, andere liefen barfuß. Ein träger Menschenwurm wälzte sich durchs Tor, hielt auf dem Appellplatz, wo ein Offizier ihnen erklärte, sie seien am Ziel ihrer Reise angelangt. Danach Antreten zum Essen, anschließend waschen und duschen.

Am Abend hörte Marek sie singen. Der schwermütige Gesang brach sich an Zäunen und Wachtürmen und wehte über den Solafluss nach Osten, wo er hergekommen war. Was wäre das für ein Männerchor! Die SS wird es noch fertigbringen, einen Donkosakenchor in Auschwitz auftreten zu lassen, dachte Marek.

Obwohl es in Birkenau genug zu arbeiten gab, brauchten die Russen nicht auszurücken. Sie durften sich ausruhen von den Strapazen des langen Weges. Sie wurden auch nicht fotografiert wie alle anderen Neuankömmlinge. Marek wunderte sich, dass sie keine Häftlingskittel erhielten, sondern in ihren Uniformblusen herumlaufen durften. Jeden Abend sangen sie ihre traurigen Lieder.

Bis zu dem Tag, als ein Lastwagen vor Block 11 hielt und einige Häftlinge Behälter entluden, die die Aufschrift »Zyklon B« trugen. Da der Lastwagen mit einem roten Kreuz gekennzeichnet war, konnte jeder denken, es handele sich um etwas Medizinisches. An dem Abend sangen die Russen nicht mehr. Es hieß, man hätte ihnen das Singen verboten, es klinge zu schwermütig. Auch am nächsten Tag blieb es still, nur beim Krematorium herrschte eine auffallende Geschäftigkeit.

Die Russen sind verschwunden, Herr!

Bei uns kann niemand verschwinden, bei uns herrscht Ordnung.

Man sagt, sie leben nicht mehr. In der Nähe des Krematoriums sind einige Vögel tot vom Himmel gefallen.

Mach dir keine Gedanken um die Russen, Marek. Drei Millionen haben wir schon gefangen genommen, und jeden Tag werden es mehr.

Am nächsten Morgen wurde der Biologe Grote zum Teich hinter dem Krematorium gerufen, weil dem Gewässer etwas Merkwürdiges zugestoßen war. Zwei Haubentaucher lagen reglos auf der Wasserfläche, Enten und Blässhühner waren gänzlich verschwunden. Der Teich war tot.

128

Zu viel Asche, erklärte Marek.

Grote schöpfte mit der hohlen Hand und begutachtete das Wasser.

Schon wieder war etwas schiefgelaufen. Sie dachten, es sei ein Entlausungsmittel und haben es an den Russen ausprobiert, sagte Grote. Aber die Dosierung muss zu stark gewesen sein, es tötete nicht nur die Gänse.

Irgendwann werden auch die Lerchen sterben und die Sperlinge und zum Schluss die Krähen, dachte Marek. Bevor das geschieht, werde ich den Verstand verlieren.

Als er beim Essenempfang die Maler traf, fragte er Jerzy nach den Russen. Der grinste und legte die Hand ans Gesicht zum Zeichen des Schlafengehens.

Im Untergeschoss von Block 11 haben sie das neue Zeug an den Russen ausprobiert, es scheint zu funktionieren.

Liebe Elisa!

Ich habe lange gerätselt, was in diesen Menschen vorgeht, nun ist es mir wie Schuppen von den Augen gefallen: Sie haben keinen Gott. Sie brauchen keinen Gott, weil sie sich selbst für Gott halten. So können sie bestimmen, was richtig oder falsch ist, wer ein Recht zum Leben hat und wer nicht.

Der Deutsche, mit dem ich die Vogelwelt erforsche, ist im Grunde ein anständiger Mensch, der keinen Vogel töten könnte. Menschen könnte er töten, wenn es ihm befohlen wird. Er glaubt auch an den braunen Götzen, der befiehlt, was zu geschehen hat, wer getötet wird und wer leben darf. Sie haben ein neues Gas an sechshundert russischen Gefangenen ausprobiert, es wirkte hundertprozentig. Mein Vogelprofessor hätte daran auch mitgewirkt, wenn es ihm befohlen worden wäre. Er hatte Glück, dass es anderen befohlen wurde. Glaube mir, es liegt nur an den Befehlen. Was der braune Götze befiehlt, setzt sich fort in vielen Unterbefehlen, am Ende des schrecklichen Wortes liegen nur Massengräber.

Du solltest nicht in dieses Lager kommen, Elisa. Es macht alle, die damit zu tun haben, schlecht und schmutzig. Verlasse, wenn Du kannst, die Stadt. Verstecke Dich in den Wäldern, bis der Spuk vorüber ist.

33.

Die Fäden, die der Altweibersommer in den Sträuchern gesponnen hatte, waren längst zerrissen, die Blätter fielen und fielen. Von der Weichsel her wallte Nebel, mischte sich mit dem Rauch des Krematoriums, dem Rauch der Verbrennungsgruben und dem Rauch der Lokomotiven, die immer häufiger in Oświęcim hielten. Der Wald schwieg, sein Schweigen brachte alles zum Verstummen.

Die Zugvögel waren durch, eigentlich blieb nichts mehr zu tun. Außer ein paar Stockenten, die von der Schießerei übrig geblieben waren, fanden sie bei den Teichen von Harmense keine Vögel. Hätten nicht die Krähen über Birkenau spektakelt, wäre die Stille nicht zu ertragen gewesen. Sie wurden immer dreister. Sobald der Morgen dämmerte, kamen sie lautlos angeflogen, setzten sich in die Bäume vor dem Lager. Wenn die ersten Arbeitskolonnen ausrückten, erhoben sie sich und folgten ihnen nach Birkenau.

Dort ging die Arbeit zügig voran. Das Innere des Lagers teilten sie in A und B, dazwischen bauten sie eine Straße, die vom Tor quer durch Birkenau führte. Wo die Straße endete, war auch die

Welt zu Ende, dort begann die Herrschaft der Krähen. Sie hielten die Erdhügel besetzt, unter denen die Toten lagen. Weil das ständige Ausheben neuer Massengräber zu aufwendig war, gingen sie mehr und mehr dazu über, die Toten in Kuhlen zu verbrennen.

Grote wollte nicht mehr nach Birkenau. Er sagte, vom ornithologischen Standpunkt aus sei der Ort tot, seitdem da nur noch die Krähen hausten. Im nächsten Frühling werde er nachschauen, was von den Singvögeln übrig geblieben sei.

Marek verfolgte dieses Birkenau bis in die Nächte. Er sah die Scheinwerfer, wie sie den Stacheldraht und Tausende Betonpfähle abtasteten. Er glaubte auch, Schüsse zu hören und das Bellen der Hunde, die den Mond anheulten. Oder waren es die Wölfe aus den Karpaten?

Weil ihn das Denken an Birkenau um den Verstand zu bringen drohte, floh er in den Nächten, wenn die Sternschnuppen in den Weichselstrom fielen, aus dem Lager, um über den Rynek zu schlendern, den Rathausturm zu umkreisen und durch die Tuchhallen zu wandern. Vor der Marienkirche blieb er stehen und versank vor Veit Stoß in Ehrfurcht. Der hatte eine deutsche Großmutter gehabt, aber zu seiner Zeit kam es auf die Großmütter nicht an; es genügte, ein anständiger Mensch zu sein. Sie feierten das Fest Allerheiligen. Marek stellte sich vor, wie sie neben dem Krematorium und neben den

Verbrennungsgruben für jeden Toten eine Kerze
ansteckten. Er sah den Himmel blutrot.

Beim Abstieg vom Wawel geriet er in die Prozession zum Allerheiligentag. Mönche und Nonnen zogen singend von der Königsburg in die Stadt, fielen auf die Knie, standen wieder auf und sangen. Ihnen folgten, malerisch gekleidet, die Bürger der Stadt, die Handwerker und Feuerwehrmänner, Köche und Künstler. Als eine SS-Einheit durchs Florianstor marschierte, schreckte er auf und fand sich schweißgebadet auf seiner Pritsche.

34.

Meine Arbeit ist getan, sagte Grote.

Also brauchst du mich nicht mehr und lässt mich nach Krakau reisen, bemerkte Marek.

Du solltest Deutscher werden.

Aber ich habe keine deutsche Großmutter.

Grote zeigte ihm ein Foto der jüngsten Tochter, die so aussah wie alle sechswöchigen Kinder.

Ich werde dafür sorgen, dass sie dich nach Monowitz schicken. Da bauen sie eine Fabrik und brauchen viele Arbeiter. Mehr kann ich nicht tun.

Das liegt immerhin sechs Kilometer näher an Krakau, dachte Marek.

Lieber wäre es mir, du schicktest mich gleich nach Hause, Herr. Da gibt es Fabriken genug, in denen ich arbeiten könnte.

Du kommst noch früh genug in die Stadt. Vor Weihnachten werden wir Moskau erobern, in einem halben Jahr ist der Krieg zu Ende, und ein gewisser Marek Rogalski wird nach Hause wandern. Wenn Frieden ist, werden wir beide zwischen Sola und Weichsel ein Vogelschutzgebiet einrichten. Diese Gegend ist ein Vogelparadies.

Ja, für die Vögel ist es ein Paradies, dachte Marek.

Um fünf Uhr wachte er auf und glaubte, die russischen Gefangenen singen zu hören. Aber es war nur der Wind. Um sechs Uhr war er entschlossen, Grote zu töten. Er wollte sich befreien von allen Selbstanklagen, es musste etwas geschehen, das diesen unwürdigen Zustand beendete. Als der Morgengong ertönte, war er sich seiner Sache nicht mehr so sicher. Wenn du ihn umbringst, bist du wie die, die durch die Welt marschieren und ohne Grund töten, dachte er. Sein Tod ändert nichts an dem, was hier geschieht. Um halb acht dachte Marek, es wäre besser, bis zum Beginn des Winters zu warten.

Liebe Ines!

Mein Weg geht weiter. Die wissenschaftliche Arbeit ist nahezu fertiggestellt und muss nur noch ins Reine geschrieben werden. Es ist eine große Zeit, an der wir teilhaben dürfen. Die eroberten Gebiete Russlands, namentlich die Schwarzmeerküste, sind vom ornithologischen Standpunkt aus sehr interessant. Hoffe, auch dort wieder, abseits vom Kriegsgeschehen, einen Forschungsauftrag zu erhalten. Möglicherweise geht es aber auch nach Südeuropa. Ich werde versuchen, ein paar Tage Urlaub zu bekommen, um unsere kleine Gertrud in den Armen zu halten.

Wenn Dich dieser Brief erreicht, werden die Kinder schon auf den Nikolaus warten. Beschenke sie bitte reichlich. Bei uns ist gestern der erste Schnee gefallen. Es sieht so aus, als sollte es ein früher Winter werden.

35.

Wie besessen zeichnete Marek Vögel, jeden Abend ein Bild. Er ging weit über die Aufträge hinaus, die Grote ihm erteilte, zeichnete fliegende Saurier und einen Kondor, den König der Anden. Seine Vögel wurden immer größer, sie bekamen menschliche Gesichter, sie konnten lachen und weinen. Er träumte davon, diese Vögel um die Welt fliegen zu lassen, so hoch, dass niemand sie abschießen könnte. Marek glaubte wie viele andere, so etwas wie Auschwitz und Birkenau sei nur möglich, weil die Welt nichts davon wisse. Wer sonst, wenn nicht die Zugvögel, könnte die Botschaft von dieser Ungeheuerlichkeit um die Erde tragen?

Marek ließ auch den Seeadler nach Birkenau zurückkehren. Er setzte ihn auf das Eingangstor, von dort aus beherrschte er das ganze Areal. Während seiner Anwesenheit ruhte die Arbeit, es fiel auch kein Schuss. Er sah die Zeit kommen, wo er seine Vogelbilder im Schuhkarton nach Krakau tragen könnte. Unter dem schmiedeeisernen Baldachin des alten Hauptbahnhofs wird er einen Stand eröffnen und seine Vögel ausstellen. Elisa wird neben ihm stehen. Sie wird auf der Violine spielen, und die Passanten werden Silbermünzen wie Sterntaler in ein kleines Körbchen werfen. Einige werden auch vor Mareks Bildern stehen bleiben und den Kopf schütteln.

Er muss den Verstand verloren haben, werden sie sagen. Wie kann er die Vögel von Auschwitz malen?

36.

Ich habe eine neue Aufgabe erhalten, erklärte Grote an dem Dezembermorgen, als zum ersten Mal die Scheiben befroren waren.

Welche Aufgabe es war, sagte er nicht. Wird er wieder am Tor stehen, wenn die Häftlinge ausziehen? Oder befehlen sie ihn an die Front? Jedenfalls bekommt er eine neue Aufgabe, und mich schickt er nach Monowitz. So einfach macht er es sich.

Mitte Dezember wanderten sie noch einmal zu den Teichen von Harmense, Grote nun wieder in Uniform. Es ist die letzte Gelegenheit, ihn zu töten, dachte Marek. Du ziehst seine Uniform an, gehst zum Bahnhof und steigst in einen Zug, der nach Krakau fährt.

Wäre nicht Schnee gefallen, hätte er es tun können. Doch die Fußabdrücke im weißen Matsch hätten ihn verraten. Zwei gehen nach Harmense, und nur einer kehrt zurück. Vor allem aber stand ihm ein Satz im Wege: Es gibt keinen Grund, ihn zu töten. Das war es, was Jerzy nicht begreifen konnte. Nur weil Grote Deutscher war, weil er die SS-Uniform trug, konnte Marek ihn nicht umbringen.

Grote trug ihm auf, die unfertigen Vogelskizzen, die er seiner wissenschaftlichen Arbeit beifügen wollte, zu vervollständigen.

Zwei Wochen wirst du dafür freigestellt, dann kommst du nach Monowitz. Da ist es besser als im Stammlager und viel besser als in Birkenau.

Marek ging schweigend neben ihm. Grote bot ihm eine Zigarette an, Marek schüttelte den Kopf.

Hier ist Rauch genug, sagte er und deutete Richtung Birkenau.

Sie trafen einen Bussard, der auf einem Pfahl des Lagerzauns saß, ein prächtiges Tier. Während Grote den Vogel durch sein Fernglas beobachtete, hätte Marek es tun können. Aber es ging nicht. Er war Künstler und kein Mörder, und Jerzy hatte Unrecht. Oder lag es an seiner persönlichen Nähe? Nachdem Jerzy sich von ihm abgewandt hatte, fühlte Marek sich allein, er hatte nur noch Hans Grote.

Grote reichte ihm das Glas und sagte: Den kannst du mir auch zeichnen.

Als hätte der Vogel es gehört, erhob er sich, stieß mit einem Flügel gegen das Dach des Wachturms, stürzte ab, hüpfte aufgeregt umher und brauchte mehrere Anläufe, um im Tiefflug über den Lagerzaun zu streichen.

Wirst du weiter die Vogelwelt erforschen?, fragte Marek.

Die Schwarzmeerküste hat eine üppige Fauna und Flora. Wenn wir die Krim erobert haben, gibt es für Wissenschaftler wie mich viel zu tun. Eines Tages werden wir die Krim zu einem Erholungsgebiet für Arbeiter machen.

Kraft durch Freude, fiel Marek dazu ein.

Wenn Frieden ist, werden auch die Polen zur Krim reisen dürfen, versprach Grote.

Marek stellte sich die Zinnen des Königsschlosses schneebedeckt vor, die Schritte auf dem Marktplatz gedämpft, das Klappern der Pferdefuhrwerke weniger laut als an hellen Sommertagen. Er entdeckte Elisas kleine Fußabdrücke im nassen Schnee. Warum gehst du barfuß, Elisa? Du wirst dich erkälten.

Ein Dreivierteljahr hatte er ihm gedient und war der Freiheit kein Stück näher gekommen. Nur eben, dass er nach Monowitz überstellt werden sollte und nicht zu den Verbrennungsgruben von Birkenau.

Auf dem Rückweg erlebten sie die Ankunft eines Transports am Bahnhof Oświęcim. Das Lager Birkenau war fertiggestellt und wartete auf seine Menschen. Marek sah, wie es aus den Güterwagen quoll, Männer, Frauen und Kinder.

Ich dachte, Birkenau sollte ein Arbeitslager für russische Kriegsgefangene werden, sagte er.

Die oberste Führung hat die Planung geändert, antwortete Grote. Dann erzählte er vom Weihnachtsurlaub, der ihm doch noch bewilligt worden sei, um das neugeborene Kind zu sehen. Als Weihnachtsgeschenk werde er präparierte Vögel mitnehmen.

Es ist übrigens geplant, Eisenbahngleise nach Birkenau hinein zu verlegen, damit unsere Besucher es etwas bequemer haben, erklärte Grote auf dem Heimweg.

Für diesen Satz hätte Marek ihn nun doch erwürgen können. Aber es war zu spät.

Am Lagertor reichte Grote ihm die Hand und versprach, im Frühling zurückzukehren und nach Marek Rogalski zu fragen. Vielleicht findest du ja doch noch eine deutsche Großmutter.

Einen Augenblick stand Marek allein vor dem Tor. Was würde geschehen, wenn er umkehrte und zum Bahnhof Oświęcim wanderte, um dort einen Zug nach Krakau zu besteigen? Er könnte sagen, Grote habe etwas an den Teichen vergessen, das müsste er holen. Weitere Hirngespinste erübrigten sich, denn der Posten kam auf ihn zu und sagte: Du gehörst da rein!

Er glaubte, Glocken zu hören, wusste aber von keiner Kirche in dieser gottverlassenen Gegend. Also ordnete er das Geläut der Marienkirche zu, in der die Heilige Jungfrau Tränen vergoss. Veit Stoß war schon lange tot. Auch im Winter zogen die Prozessionen singend durch die Straßen. Selbst die Huren der Stadt nahmen daran teil, ebenso die aus dem Frauenblock, die mit nackten Knien in den matschigen Schnee fielen und ihr Matka Boska beteten.

37.

Als das Land unter der weißen Decke lag, kamen Schwärme von Saatkrähen die Weichsel herauf. Sie flogen von Nordosten her ein, sodass man denken konnte, sie brächten Nachrichten von den dortigen Schlachtfeldern. Marek wünschte dem Krieg ein baldiges Ende, damit die Gefangenen nach Hause gehen konnten. Bis es so weit war, zeichnete er Vögel, wagte sich sogar an einen Albatros und an rosarote Flamingos, die er vor Jahren im Warschauer Tierpark gesehen hatte. Vor allem die seltenen Vogelarten Uhu und Wanderfalke, auch Schwarzstörche und Kormorane, hatten es ihm angetan, als müsste er sie auf dem Papier für ein späteres friedlicheres Leben retten. Seine Kunstfertigkeit sprach sich herum. Wachmänner kamen und ließen Porträts von sich anfertigen, die sie zum Weihnachtsfest ihren Lieben schicken wollten. Als Lohn bekam er Zigaretten und Weihnachtskekse.

Am Tage vor Weihnachten brachte er die Zeichnungen, die Grote für seine Arbeit gewünscht hatte, zur Kommandantur.

Ach, Sie sind der Vogelmaler, sagte die Sekretärin und lachte ihn an.

Er wunderte sich, dass sie ihn mit Sie angeredet hatte und lachen konnte. Neben der Schreibmaschine sah er einen Adventskranz, der mit vier flachen Kerzen bestückt war, die Deutschen nannten sie Hindenburglichter. Die Frau, die es übernommen hatte, Grotes handgeschriebene Zettel in die Maschine zu tippen, beklagte sich über die vielen lateinischen Ausdrücke. Es sei sehr schwierig gewesen.

Marek bat darum, ihn zu unterrichten, wenn der Herr Grote wieder ins Lager komme, um die ins Reine geschriebene Arbeit in Empfang zu nehmen.

Er ist zu anderen Aufgaben abberufen worden, sagte die Frau. Ein Exemplar der Arbeit soll ich an seine Feldpostnummer schicken, ein weiteres an einen Ornithologen in Wien. Die übrigen werde ich bis zu seiner Rückkehr in Verwahrung nehmen. Denn natürlich wird er eines Tages zurückkehren, vielleicht im Frühling. Im Weggehen wünschte sie Marek ein frohes Weihnachtsfest.

Über Weihnachten in Auschwitz wollen wir kein Wort verlieren. Nun ja, Sterne gab es am Firmament, unter ihnen gewiss auch den Stern von Bethlehem. Bei den Bombenangriffen auf die Städte fielen leuchtende Tannenbäume vom Himmel, und irgendwo, weit weg von Auschwitz, wurden in der Heiligen Nacht auch Kinder geboren. Marek erinnerte sich nicht, »Wsród nocnej ciszy« gehört zu haben.

Am 31. Dezember schossen die Wachmannschaften einige Leuchtkugeln in den Winterhimmel. Am 1. Januar traf die Kugel einen Seeadler, der sich nun doch nach Birkenau verirrt hatte. Ein Offizier brachte Marek den Vogel mit dem Auftrag, ihn für den Kommandanten zu präparieren.

Die neue Aufgabe verschaffte Marek ein paar ruhige Tage, die er in einem Geräteschuppen des Holzhofes verbrachte, in dem ein Kanonenofen Wärme abstrahlte; denn die Kunst des Präparierens kann mit klammen Händen nicht gelingen. Er gab sich große Mühe. Der Vogel sollte dem Kommandanten gefallen. Marek verrannte sich in die Vorstellung, der Kommandant werde ihm auf die Schulter klopfen und sagen: Das hast du gut gemacht, Marek Rogalski, du hast einen Wunsch frei.

Als er den Vogel zur Kommandantur brachte, war der Herr nicht anwesend.

Er ist auf einer Dienstreise, sagte die Sekretärin und stellte den Vogel auf den Platz, auf dem der Adventskranz gelegen hatte.

Nun war alles getan. Marek wartete auf die Überstellung nach Monowitz. Sie geschah in der Weise, dass eines Morgens einer jener Rot-Kreuz-Lastwagen, die neu ankommende Häftlinge vom Bahnhof Oświęcim zum Krematorium von Birkenau brachten, ins Stammlager abbog. Er nahm an die dreißig

Häftlinge auf, darunter Marek Rogalski. Hier traf er auch einige Männer der Malerkolonne wieder; aber nicht Jerzy.

Jerzy ist verschwunden, flüsterte ihm einer zu.

Das konnte viel heißen: geflohen, befördert oder getötet.

Bis zur Abzweigung nach Birkenau schwiegen alle. Als feststand, dass der Lkw wirklich auf die Hauptstraße Richtung Krakau einbog, wurden sie ausgelassen, einige planten Kneipenbesuche in der Altstadt, Marek sah sich vor Veit Stoß auf den Knien liegen.

Monowitz empfing sie als eine riesige Baustelle. Die Firma BUNA wollte eine Fabrik bauen, und Tausende von Häftlingen sollten ihr nicht nur beim Aufbau, sondern auch beim späteren Betrieb des Werkes helfen. Für sie wurde das Barackenlager Monowitz errichtet, das fern lag von toten Teichen, Krematorien und räuchernden Verbrennungsgruben.

In Monowitz musst du nur arbeiten, um zu überleben, sagten die, die schon da waren. Krank darfst du nicht werden. Wer nicht arbeiten kann, kommt nach Birkenau.

Erst fror die Sola zu, dann die Weichsel, Marek hätte per Schlittschuh nach Hause laufen können. Es hieß, auch der Krieg sei eingefroren, habe sich festgefahren in einer riesigen Schneewehe. In Monowitz verlernte er endgültig das Träumen und beschränkte sich auf die kleinen Dinge. Nur noch gelegentlich hörte er Elisa Chopin spielen und einen Chor »Die Himmel rühmen ...« singen.

38.

Wegen des furchtbaren Winters verspätete sich der Frieden. Die ersten Zugvögel kamen Ende Februar. Marek gab es auf, sie zu zeichnen, denn von der körperlichen Arbeit war er so erschöpft, dass ihm die Hände zitterten. Nur eine Zeichnung brachte er noch zustande. Sie zeigte Wildgänse im Keilflug über einer weißen Landschaft; unter ihnen Stacheldrahtzäune, Baracken und Wachtürme.

Er vergaß den Vogelprofessor, fast hätte er auch Elisa vergessen. Sein ganzes Denken drehte sich darum: Du darfst nicht krank werden! Was gibt es am Abend zu essen und was am nächsten Morgen. Klein denken, hatte Grote es genannt.

Im Mai des Jahres 42 kam Grote zurück. An einem Vormittag erschien er in der Kommandantur, überreichte dem Kommandanten ein Exemplar seiner wissenschaftlichen Arbeit, auf dessen Deckblatt er eine persönliche Widmung geschrieben hatte. Höss war hocherfreut und spendierte eine schwarze Zigarre. Danach verwahrte er die Arbeit in seinem Panzerschrank und versprach, sie bei Gelegenheit gründlich zu studieren. Der Sekretärin, die die Schreibarbeit geleistet hatte, brachte Grote eine Flasche griechischen Wein mit. Er fragte, ob Marek Rogalski noch lebe.

Die Sekretärin erkundigte sich telefonisch in Monowitz.

Um halb zwölf wurde Marek von der Arbeit geholt und ins Stammlager gefahren. Sein erster Gedanke war, Elisa sei eingetroffen, ihn zu besuchen. Das regte ihn so auf, dass er erbrechen musste.

Grote erwartete ihn auf dem Appellplatz, reichte ihm die Hand, klopfte ihm auf die Schulter und fragte nach der Arbeit und der Gesundheit. Für einen Augenblick konnte man vergessen, dass hier ein Wachmann mit einem Häftling sprach, vielmehr schien ein Professor mit seinem wissenschaftlichen Assistenten zu reden. Grote erzählte von seinen ornithologischen Studien in Griechenland im Auftrage der Abteilung Wissenschaft der SS. Nun sei er zum Sonderkommando Südrussland versetzt worden und habe die Reise dorthin zu einem Abstecher ins Lager genutzt. Über die Vogelwelt des Peloponnes werde er eine wissenschaftliche Arbeit schreiben und auch über die neue Aufgabe an der Schwarzmeerküste, sein künftiges Wirkungsfeld.

Er schlug vor, noch einmal die Stätten ihres gemeinsamen Forschens abzuwandern, die Teiche und Sümpfe um Harmense, den Wald von Brzeszcze mit seinen Krähennestern, vor allem aber Birkenau.

Nun, da das Lager voll in Betrieb sei, wolle er die verbliebenen Vogelarten ermitteln. Waren nur die Krähen übrig geblieben, oder trillerten auch Lerchen zwischen den Baracken von Birkenau?

39.

Birkenau im Mai. Es grünten tatsächlich Birken, und zwischen den Baracken blühten Gänseblümchen. Am Eingangstor die üblichen Kontrollen. Ein Offizier erklärte sich bereit, Grote und Marek durchs Lager zu führen und seine Errungenschaften zu erläutern. Birkenau sei ein Vorzeigelager, erklärte er stolz. Auch der Reichsführer-SS habe sich lobend geäußert.

Hier die Frauenbaracken, dort die der Männer. Dazwischen die breite Prachtstraße für den Marsch der Kolonnen. An dieser Stelle sollten einmal die Eisenbahnschienen enden. Marek fiel auf, dass die Straße säuberlich geharkt war und es keine Wasserpfützen gab. Das war wohl dem hohen Besuch aus Berlin zu verdanken. Er stellte sich eine Girlande über dem Eingangstor vor und Fahnen in großer Zahl. Jede Baracke trug ihr Fähnchen, eine unerhörte Verschwendung der Farbe Rot.

Grote erklärte, er wolle herausfinden, ob auch die Vögel das Vorzeigelager Birkenau angenommen hätten.

Bei uns gibt es nur Krähen, sagte der Offizier und zeigte zu den Hügeln am Ende der Straße. Sie beherrschen den Luftraum und die Ratten die Erde.

Marek wunderte sich, dass an einigen Baracken Schwalbennester klebten. Die Jungen waren noch nicht flügge und zwitscherten den Häftlingen die Ohren voll. Auch auf dem Stacheldraht, der das Lager umgab, wippten hier und da Schwalben. Am Magazin ging es vorbei zum Quarantäneblock, dem Vorhof des Todes.

Wir werden ein Frauenorchester gründen, das die Arbeitskolonnen begleiten soll, sagte der Offizier. Ein bisschen Fröhlichkeit kann nicht schaden.

Grote war überrascht, dass es in Birkenau Lerchen gab. Sie stiegen trillernd in den Himmel und fielen wie Steine zurück zur Erde. Und fällt auch der Himmel ein, kommt doch eine Lerche davon, zitierte er einen großen Dichter.

Wir wollten Gift auslegen, um die Krähenplage loszuwerden, erklärte der Offizier. Aber es war zu befürchten, dass auch die anderen Vögel das Gift fressen; wir hätten ein vogelfreies, totes Lager gehabt. Die Ratten ließen sich leichter mit Gift ausrotten, aber nach vier Wochen waren sie wieder da.

Am Ende der Straße erreichten sie das Reich der Krähen. Es räucherte nicht, es stank nicht. Offenbar hing auch diese Sauberkeit mit dem Besuch aus Berlin zusammen. Marek hörte, die oberste Führung habe angeregt, die Leichen nicht mehr in Erdkuhlen zu verbrennen oder in Massengräbern zu verscharren, sondern drei, vielleicht sogar vier Krematorien zu bauen. Das sei effektiver und sauberer. Auch vernahm er, der Kommandant sei in Sorge wegen der vielen Transporte. Das Lager sei überfüllt, aber jede Woche komme ein weiterer Transport. Um den Neuen Platz zu schaffen, müssten die Alten und Schwachen selektiert werden. Ihm stockte der Atem. Da war es, das Wort, das Marek zum ersten Mal hörte: Selektion.

Acht Lerchen zählte Grote über den Baracken von Birkenau.

Als sie den Erdwall am Ende der Lagerstraße erreichten, feuerte der Offizier seine Pistole ab; der Krähenschwarm erhob sich und kreiste über dem Lager.

Wir haben uns an sie gewöhnt, sagte er lachend. Die Krähen sind eine Art schwarze Polizei, die jeden Morgen erscheint, um nach dem Rechten zu sehen.

Grote dozierte über die Verbreitung der Krähen in Mitteleuropa. Westlich der Elbe sei die schwarze Rabenkrähe zu Hause, östlich die graue Nebelkrähe. Die Krähenschwärme, die zum Wintereinbruch aus dem Norden kämen, seien Saatkrähen. Auf der Kurischen Nehrung sei Krähenbraten ein Sonntagsessen.

Eine Krähe hackt der anderen nicht die Augen aus, dachte Marek. Konnte es sein, dass alle Krähen Polens sich im Zwischenstromland versammelt hatten, um zu sehen, was in Birkenau geschah? Man könnte auch denken, es sei eine Trauergesellschaft; die schwarzen Herrschaften kämen zur Beerdigung.

Auf dem Erdhügel blieben sie allein zurück, der Offizier hatte dringendere Geschäfte zu erledigen. Grote betrachtete das Barackenmeer durch sein Fernglas. Marek hätte sich gern ins Gras gelegt und die Augen geschlossen, aber auf dem Hügel gab es nur schwarze Erde und den Kot der Vögel.

Ein Milan, sagte Grote und zeigte auf einen Vogel, der über dem Lager kreiste.

Warum braucht ihr vier Krematorien?, hätte Marek gern gefragt. Aber da die Deutschen sich bei allem, was sie tun, etwas denken, wird es wohl seine Richtigkeit haben mit der Zahl vier.

In Monowitz sagen sie, Birkenau sei das Endlager aller Juden, berichtete Marek.

Es gibt so viele in Europa, sagte Grote. Aus Frankreich werden sie kommen, aus Holland und Belgien.

Und wenn es zu viele sind, bleiben nur die Krematorien, dachte Marek.

Während Grote den Milan beobachtete, sah Marek vier Häftlinge, die eine Karre zogen, beladen mit menschlichen Körpern. Sie warfen die Leichen in die Tiefe, wie man Strohballen wirft. Dann gaben sie ein paar morsche Bretter dazu, denn Leichen allein können nicht brennen.

Unten hörte Marek den Gesang der Lerchen. Schwalben saßen auf Stacheldrahtzäunen und zwitscherten in den Frühling. Der Milan kreiste immer noch über Birkenau.

40.

Ein Güterzug erhält Einfahrt in den Bahnhof
Oświęcim. Sperlinge fliegen dem langsam ein-
laufenden Zug entgegen, setzen sich auf die Wagen-
dächer und warten, ob vielleicht Gerste oder Hafer
entladen wird. Die Bremsen kreischen, es tut weh.
Wachleute mit Hunden umstellen die neun Wag-
gons. Dann erst öffnen sie die Türen. Frauen sprin-
gen ins Gras, nehmen kleine Kinder auf den Arm
und setzen sie auf den Bahndamm. Sie tragen alle
den gelben Stern. Ein bunter Vogel verlässt den
Wagen Nummer 3, taumelt hilflos über die Gleise
und hat Mühe, sich in die Luft zu erheben. Grote
identifiziert ihn als einen in Südeuropa beheimate-
ten Bienenfresser. Er befragt die Reisenden und
erfährt, der Vogel sei ihnen zwischen Klagenfurt
und dem Neusiedlersee zugeflogen. Marek wundert
sich, dass die Ankommenden deutsch sprechen.
Nun bringen sie schon die eigenen Leute um, denkt
er.

Der Vogel hat während der Reise stumm in einer
Ecke gesessen und keine Nahrung zu sich genommen, sagen die Leute. Als er das Licht der geöffne-
ten Tür erblickte, sei er zum Leben erwacht und
über ihre Köpfe hinweggeflogen.

Es geht alles sehr lautlos zu, nicht einmal die Hunde bellen. Die Kinder stehen staunend vor dem Ungetüm von Lokomotive. Der Lokführer lehnt aus dem Fenster wie alle Lokführer in den Kinderbüchern. Er raucht eine Pfeife.

Grote erkundigt sich, wie lange der Transport unterwegs gewesen ist. Er kann es kaum glauben, dass ein Bienenfresser sechs Tage ohne Wasser und Nahrung in dem dunklen Güterwagen überlebt hat.

Ein Heizer ist auch dabei, schwarz wie alle Heizer in den Kinderbüchern. Als er die Klappe öffnet und Kohlen ins Feuer schippt, sehen die Kinder die rote Glut.

An der Tür eines Wagens liest Marek den Spruch: »Räder müssen rollen für den Sieg!« Ein Spaßvogel hat mit schwarzer Farbe druntergeschmiert: »... und Kinderwagen für den nächsten Krieg!« Nein, Kinderwagen werden nicht entladen.

Die Sonne steht über der Weichsel, irgendwo. Die leeren Wagen werfen lange Schatten. Die Menschen scheinen froh zu sein, die lange Reise hinter sich zu haben. Es ist ein Maientag, so frühlingshaft warm, ein Tag, um anzukommen.

Der Lokführer lässt eine Rauchwolke verpuffen, das erschreckt die Kinder. Nun wird die Lokomotive von den Wagen abgekoppelt, sie fährt langsam zurück und verschwindet auf einem Abstellgleis.

An die fünfhundert Menschen stehen auf dem Bahnhof Oświęcim. Grote beschäftigt sich mit dem bunten Vogel. Der sitzt auf einem Wagendach. Jetzt fliegt er ins Gras, nach sechs Tagen sucht er die erste Nahrung.

Marek hört das Brummen der Lastwagen, die von Birkenau herüberkommen. Sie tragen alle das rote Kreuz, ein tröstlicher Anblick. Frauen mit Kindern zuerst, die Wachleute führen sie zu den Wagen. Für die Männer ist kein Platz mehr, sie müssen zu Fuß nach Birkenau gehen.

Durchs Fernglas sieht Grote den bunten Vogel ganz aus der Nähe.

Du musst ihn zeichnen!, ruft er Marek zu.

Drei auf der Reise verstorbene Personen werden von Häftlingen aus den Wagen geholt und mit einer Karre zum Krematorium Birkenau gefahren. Andere Häftlinge säubern mit Schaufel und Besen die Wagen von dem Unrat einer langen Reise.

Grote sitzt im Gras und schaut dem Bienenfresser zu. Hoffentlich stirbt er nicht. Wenn er stirbt, wird Grote ihn präparieren.

Als die Lastwagen durchs Tor rollen, spielt die Lagerkapelle, der Jahreszeit angemessen, den Frühlingsstimmenwalzer. Die Lastwagen halten schon oben bei der Gaskammer, als die Männer durchs Tor marschieren. Die Kapelle spielt immer noch den Frühlingsstimmenwalzer.

Die Sonne will untergehen, sie hat sich hinter den leeren Güterwagen verkrochen.

Grotes Sorge ist, Raubvögel könnten über den

geschwächten Bienenfresser herfallen. Er überlegt, wie er den Vogel schützen kann, am liebsten würde er ihn mit einem Netz einfangen.

Plötzlich verstummt die Musik. Es ist ungewöhnlich still. Auch aus der Stadt dringt kein Laut herüber. Da erhebt sich der bunte Vogel, dreht ein paar Kreise über dem Bahnhof und macht sich Richtung Süden auf den Weg nach Hause.

Nun wollen wir uns stärken, sagt Grote und steuert mit Marek auf ein kleines Lokal hinter dem Bahnhofsgebäude zu. Es gibt Kartoffeln, Speck und Sauerkraut.

41.

Gegen Abend suchten sie die Teiche von Harmense auf. Grote wunderte sich über die reichhaltige Vogelfauna, die sie dort antrafen. Schilf und Sumpf schienen ihm stärker besetzt als im Vorjahr; offenbar hatte der strenge Winter die Vögel in dieses Refugium getrieben. Marek gab Kartoffeln, Speck und Sauerkraut von sich.

Du bist das fette Essen nicht mehr gewöhnt, sagte Grote und lachte.

Über Birkenau stieg schwarzer Rauch auf.

Eben aus dem Zug gestiegen und schon im Krematorium, sagte Marek laut.

Grote blickte ihn erstaunt an.

Wir leben in einer großen Zeit, erklärte er. Eine gewaltige Bewegung hat Europa ergriffen, sie wird die Welt auf den Kopf stellen.

Wer die Welt auf den Kopf stellen will, macht sich alle zum Feind, die keinen Kopfstand können, dachte Marek. Das sind die meisten.

Unser Kommandant hat es so ausgedrückt: Die Männer von der SS sind die Kammerjäger Europas.

Darüber wird man nachdenken müssen. Man wird es auch aufschreiben und den Kammerjägern eines Tages vorhalten müssen.

Marek legte sich ins Gras, zupfte an den Köpfen von Gänseblümchen. »Sie liebt mich … Sie liebt mich nicht … Sie liebt mich …«, sangen die Kinder in Greifswald.

Vielleicht solltet ihr sie nicht töten, sondern umerziehen, damit sie in eure neue Welt passen, sagte Marek.

Du kannst einer Katze nicht abgewöhnen, Vogelnester zu räubern, du kannst sie nur töten.

Das hatten wir schon mal, Herr. Weil du nicht töten kannst, kümmerst du dich lieber um die Vogelnester, sagte Marek. Ja, so wird es sein.

Sumpfdotter blühte in großer Üppigkeit zu seinen Füßen. Einen Steinwurf entfernt brüteten Schwäne, und die gerade geschlüpften Entenküken lernten das Leben auf den Teichen kennen.

Wenn sie es dir befehlen, was würdest du tun, Herr?

Grote blickte durchs Fernglas und schwieg.

Warum sagte dieser Mensch nicht ein einziges Mal: Es tut mir leid? Wenigstens die Kinder könnten ihm leid tun. Er kannte Schiller und Goethe, er liebte Beethoven und die Vogelwelt. Warum gibt er nicht zu, dass es ein Fehler sein könnte, ein solches Lager mit riesigen Verbrennungsöfen zu bauen? Das ist es: Die Deutschen können nicht umkehren. Kommen ihnen Zweifel, sagen sie: Dienst ist Dienst und Schnaps ist Schnaps. Oder: Befehl ist Befehl. Oder: Augen zu und durch. Oder: Wer A sagt, muss auch B sagen. Sie haben unzählige Sprüche erfunden für diese Haltung. Und wenn sie nicht mehr weiter wissen, sagen sie: Wo gehobelt wird, fallen Späne. Die dreihundertfünfzig Baracken von Birkenau sind weiter nichts als Späne, die bei der Umgestaltung Europas abfallen. Und für alle, die im Krematorium enden, haben sie auch einen Spruch: Es kräht kein Hahn nach ihnen. Sie sind ja nur die Lokomotivführer, die die kleinen Räder rollen lassen, dachte Marek. Ihre Sorge gilt den Signalen auf der Strecke und ob genügend Dampf im Kessel ist. Was hinter ihnen in den Güterwagen geschieht und wohin die Leute reisen, geht sie nichts an.

Glaube ja nicht, dass es den Soldaten Spaß macht, Marek. Es ist ihnen eine schwere Pflicht; und am Abend nach einer solchen Aktion betrinken sie sich sinnlos. Viele melden sich lieber zur Front, weil sie den Dienst im Lager nicht ertragen können.

Und Hans Grote geht ans Schwarze Meer, um Vögel zu beobachten.

Die Sonne schlug auf die Erde, und Marek erwartete, sie würde nie wieder aufgehen. Eine Sonnenfinsternis wird hereinbrechen oder ein schweres Gewitter. Marek schloss die Augen. Die es nicht ertragen können, melden sich an die Front und werden totgeschossen. Zurück bleiben die, die es ertragen können und die das Furchtbare gern tun. Der

Kampf an der Front ist gefährlich, Judenerschießen geht einfacher. So entsteht die Hölle auf Erden.

Das rote Licht des Abends fiel immer noch wärmend durchs schüttere Birkenlaub, Meisen hüpften aufgeregt von Ast zu Ast, aus der Ferne rief ein Kuckuck.

Kennst du die Zehn Gebote, Herr?

Natürlich kannte Grote die Zehn Gebote, jeder Deutsche kannte sie.

Was hältst du von dem fünften Gebot, Herr?

»Du sollt nicht töten« gilt nur für die eigenen Leute, Marek. Das Fremde, Abartige, Feindliche genießt den Schutz der großen Worte nicht.

Matka Boska, betete Marek.

42.

Als sie durchs Tor gingen, sagte Marek: Es ist nun schon mein drittes Jahr, und ich weiß immer noch nicht, warum ich hier sitze.

Ja, so ein Krieg zieht sich elend lange hin, antwortete Grote und legte ihm die Hand auf die Schulter. Er geht bald zu Ende, Marek, dann wird alles gut.

Marek fragte, ob er ein Exemplar der Arbeit über die Vogelwelt erhalten könnte.

Komm mit zur Kommandantur.

Er wartete draußen. Nach zehn Minuten kehrte Grote zurück und übergab ihm einen Umschlag.

Die Pflicht ruft!, sagte er lachend und verabschiedete sich mit einem Händedruck.

Er begibt sich an die Schwarzmeerküste, um Vögel zu zählen, und mich lässt er allein zurück, dachte Marek. Weil die Pflicht ruft. Jeder erfüllt seine kleine Pflicht, alles andere geht ihn nichts an. Der eine hat die Pflicht, Vögel zu beobachten, der Lokomotivführer hat nur daran zu denken, den Zug sicher nach Birkenau zu bringen, und Marek Rogalskis Pflicht wird es sein, Baracken in Monowitz anzustreichen. Er fühlte sich von Grote im Stich gelassen.

Während der sich auf den Weg nach Odessa machte, über Krakau versteht sich, brachten sie Marek am gleichen Abend zurück nach Monowitz. Unterwegs las er, was Grote über die Vogelwelt von Auschwitz geschrieben hatte. Im Anhang fand er seine Zeichnungen, nur hatte die Sekretärin vergessen, den Namen Marek Rogalski zu erwähnen.

Bis in die Nacht hinein zeichnete er Krähenbilder: Das Lagertor, den Galgen, die Bäume vor dem Eingang, den Lagerzaun und die Wachtürme besetzte er mit den schwarzen Vögeln. Die Toten besuchen die Lebenden, schrieb er unter das Kunstwerk. Könnte es sein, dass die Seelen der Verstorbenen, die keine Ruhe finden konnten, an den Ort ihres Sterbens zurückkehren und Tag für Tag in den Bäumen spektakeln?

Am 31. Mai wurde Monowitz fertiggestellt, wieder spielten sie den Frühlingsstimmenwalzer. Bei dem Appell zu diesem Anlass traf er Jerzy, der es irgendwie fertiggebracht hatte, als Oberanstreicher von Auschwitz nach Monowitz verlegt zu werden.

Er war ein anderer geworden. Wir müssen uns ruhig verhalten, war das Erste, was Jerzy zu ihm sagte. Nicht auffallen, nur arbeiten und auf morgen warten. Auch Jerzy hatte das kleine Denken gelernt, er wollte nur noch überleben.

Als die Pest in Europa wütete, erzählte Jerzy, wussten sich die Menschen nicht anders zu helfen, als Kuhlen in die Erde zu graben, in denen sie sich

165

verkrochen, bis der Schwarze Tod vorübergezogen war. Auch wir müssen uns tief eingraben, Marek, wenn wir die neue Pest überleben wollen.

Nach der letzten Begegnung mit Grote bemerkte Marek an sich eine sonderbare Veränderung: Er konnte die Stimmen der Vögel nicht mehr hören. Die Lerchen sangen nicht mehr, kein Kuckuck rief in Monowitz, von Nachtigallen ganz zu schweigen. Immer wieder aber hörte er den Gesang der russischen Gefangenen und die Lieder, die die Mütter ihren Kindern vorsangen, um sie zu beruhigen, wenn sie mit dem Rote-Kreuz-Wagen zu den Kammern des Todes fuhren.

43.

Marek konzentrierte sich darauf, nicht den Verstand zu verlieren. Er verbot es sich, an Elisa zu denken, auch ihre Stadt verlor er aus den Augen. Um nicht völlig abzustumpfen, las er Grotes Arbeit wieder und wieder. Er listete die lateinischen Ausdrücke auf und sagte sie bei der Arbeit her. Schließlich versuchte er sich an einer Übersetzung ins Polnische.

Monowitz war doch kein angenehmer Ort. Das Lager befand sich sechs Kilometer östlich von Birkenau, und die in dieser Gegend vorherrschenden westlichen Winde trieben unablässig den Gestank aus den Verbrennungsöfen nach Monowitz. Sogar am Sonntag, wenn alle Krematorien der Welt Ruhetag hatten, stank es.

Im Frühling des Jahres 43 beobachtete Marek, dass die nach Norden ziehenden Vogelschwärme nicht mehr den direkten Weg über Auschwitz und Birkenau nahmen. Sie umflogen den Lagerbereich; entweder orientierten sie sich westlich der Weichsel oder östlich der Sola. Da der Herbstzug den gleichen Umweg nahm, und auch im Frühling des folgenden Jahres die Zugvögel es vermieden, Birkenau zu überfliegen, ging Marek von einer höheren Einsicht der Tiere aus. Er hätte es gern Grote mitgeteilt, damit das sonderbare Verhalten der Zugvögel Eingang in seine wissenschaftliche Arbeit finden konnte. Über alle Sender müsste es verbreitet werden: Die Zugvögel meiden Birkenau!

Im September des Jahres 44 kamen andere Zugvögel, amerikanische Flugzeuge, die ihre Bombenlast über den BUNA-Werken abwarfen. Jerzy glaubte, jetzt komme die Befreiung. Nach dem Bombardement waren beide froh, es überlebt zu haben. Im November hörte der Gestank plötzlich auf, als hätte ein Riesenventilator frische Luft über das Land geblasen. Oder hatte der Schnee alle Feuerstellen zugedeckt?

Marek hatte es tapfer durchgehalten, während der Zeit in Monowitz nicht krank zu werden. Aber dann gefiel es einem Backenzahn, ihn so zu quälen, als wolle er den Kiefer in Stücke reißen. Für solche Fälle gab es im Stammlager einen Krankenbau, in dem Zahnärzte in Uniform ihren Dienst verrichteten. Jerzy riet davon ab, ins Krankenrevier zu gehen, weil die SS Zahnschmerzen mit Kopfabschneiden behandelte, aber die Schmerzen waren so heftig, dass ihm auch das recht erschien. So kam er an einem Wintermorgen in jenen Bau, in dem sie mit Phenol experimentiert und die ersten Versuche mit Zyklon B als Entlausungsmittel angestellt hatten. Die Herren waren freundlich, betäubten sogar eine Gesichtshälfte, bevor sie den Zahn aus dem Kiefer rissen.

Den Besuch im Hauptlager nahm er zum Anlass, einen Brief für Grote in der Kommandantur abzugeben.

An Prof. Hans Grote.

Marek Rogalski hat Folgendes mitzuteilen:

Es gibt keine Vögel mehr, Herr. Die Zugvögel machen einen Bogen um das Lager, die Singvögel sind ausgestorben, nur die Krähen kommen noch, um nach Aas zu suchen. Es wird Zeit, dass bald Frieden ist.

Grote werde nicht mehr ins Lager zurückkehren, sagte die Sekretärin. Auch sie werde ins Reich fahren, wenn das neue Jahr beginne.

Ein letztes Mal schaute Marek sich im Lager um. Im Block 24 lebten immer noch die Frauen. Die Maler hatten ihren Block verlassen, es gab nichts mehr anzustreichen. Der Galgen war verschwunden, das Kino geschlossen. Der letzte Film, der hier gelaufen war, hieß »Der große König«. Einzelne Transporte verließen das Lager, auch Möbelwagen sah man Richtung Westen fahren.

Da alles mit einer feinen Schneeschicht bedeckt war, sah Auschwitz malerisch aus. Man könnte auch an ein Leichentuch denken. Das Eingangstor verkündete immer noch: Arbeit macht frei! Als Marek hindurchschritt, tropfte ihm Schmelzwasser auf den Kopf.

Birkenau sah er nur aus der Ferne. Die Eisenbahngleise hatten sie tatsächlich durchs Tor ins Innere des Lagers verlegt. Marek stellte sich die dreihundertfünfzig Baracken unter einer Schneeschicht vor: ein Wintermärchen. Ob es überhaupt noch Menschen gab in Birkenau?

Drei Wochen, nachdem ihm der Zahn gezogen worden war, hörten sie wieder Kanonendonner wie damals, als der Sommer anfing. Wenn es der Friede ist, dachte er, wird er in Krakau einen halben Tag früher eintreffen. Am 18. Januar wurde Monowitz geräumt. Tausende marschierten westwärts, um im sicheren Reichsgebiet ein neues BUNA-Werk zu bauen. Nur die Kranken blieben zurück. Jerzy und Marek stellten sich krank, eine gewagte Entscheidung, denn es hätte gut sein können, dass alle Kranken erschossen wurden. Dazu kam es nicht, weil die Wächter keine Zeit mehr hatten. Am 27. Januar vormittags rückte die Rote Armee in Monowitz ein, am Nachmittag erreichte sie das Stammlager, dessen Bewacher fortgelaufen waren. Die Wachtürme standen verwaist, die Tore offen.

Marek und Jerzy durften dabei sein, als sie in der Kommandantur den Tresor öffneten. Neben Orden und Ehrenzeichen und einem ausgestopften Graureiher fanden sie auch, in braunes Packpapier gewickelt, drei Studien des Ornithologen Hans Grote: »Die Vogelwelt der Krim«, »Die Vogelwelt des Peloponnes« und »Die Vogelwelt von Auschwitz«. Der

170

Verfasser hatte sie handschriftlich dem Kommandanten, »dem großen Förderer der Wissenschaft«
zugeeignet. Marek bat darum, ihm die Schriften
auszuhändigen, da er an der einen mitgewirkt hatte.
Er wollte sie der Nachwelt und der Wissenschaft
erhalten. Mit den Papieren unterm Arm machte er
sich auf den Heimweg nach Krakau, um Elisa zu
suchen. Aber wen er auch fragte, niemand hatte sie
gesehen.

44.

Den Vogelzug des Frühjahrs 45 erlebte Grote westlich der Stadt Wien in einer vom Krieg vergessenen Gegend. Als die Zugvögel durch waren, zog er seine Uniform aus, vergrub sie in einem Erdloch, fand in einer verlassenen Berghütte grobe Holzfällerkleidung und machte sich auf den Weg nach Hause. Seine Familie fand er in einem Häuschen inmitten von Weinbergen. Zum ersten Mal erblickte er sein viertes Kind, einen Jungen mit Namen Siegfried, der im Sommer 44 auf die Welt gekommen war. Im Spätsommer half er bei der Weinlese. Als die Besatzungsmacht einen Aufruf erließ, alle Funktionsträger des NS-Staates sowie SS- und SA-Mitglieder sollten sich zwecks Registrierung und Entnazifizierung melden, begab sich Grote zu der angegebenen Stelle. Er war sich keiner Schuld bewusst, er hatte keinen Menschen getötet oder misshandelt, sondern mehr für die Wissenschaft gelebt als für das Soldatenhandwerk. Als der Vernehmungsoffizier hörte, Grote sei Wachmann in Auschwitz gewesen, ließ er den Bleistift fallen und blickte ihn traurig an. Er telefonierte mit dem Stadtkommandanten, der entschied, Hans Grote nach Polen zu überstellen. So lernte er doch noch Krakau kennen, eine vom Krieg wenig gezeichnete Stadt, die ihn mit ihrer altehrwürdigen Schönheit beeindruckte. Sie brachten ihn ins Gefängnis Montelupich, wo er nachts durchs geöffnete Fenster die Schleiereulen schnarchen und rufen hörte.

Als der Prozess begann, fuhren sie mit Grote zur Ortsbesichtigung ins Zwischenstromland. Noch einmal durfte er, geführt von zwei bewaffneten Milizionären, durchs Lager wandern. Er erklärte dem Hohen Gericht die eigenartige Vogelpopulation und das auffällige Verhalten der Krähen, die sich mit Vorliebe in der Nähe von Verbrennungsplätzen aufgehalten hatten. Birkenau habe er seinerzeit nur besucht, um die dort verbliebenen Lerchen zu zählen. Als das Töten mit Zyklon B begann, befand sich Hans Grote schon im sonnigen Griechenland.

Aber die Versuche mit Zyklon B an den sowjetischen Kriegsgefangenen im Herbst 1941 haben Sie noch erlebt?, wollte das Gericht wissen.

Ich habe davon gehört.

Und die Räumung des Krankenbaus mittels Phenol geschah auch zu Ihrer Zeit.

Auch davon hatte Grote gehört.

Sie gingen durchs Tor von Birkenau. Auf der Rampe stehend, fragte das Hohe Gericht, ob Grote, wenn es befohlen worden wäre, auch die Häftlinge nach Leben und Tod hätte selektieren können.

Befehl ist Befehl, antwortete Grote. Aber es wäre mir schwer gefallen, darum habe ich mich zur Erforschung der Vogelwelt abstellen lassen.

Das Gericht tat sich schwer, etwas zu finden, das Grotes Verurteilung rechtfertigen könnte. Sechs Wochen hatte er mit der Waffe in der Hand am Lagertor gestanden und den Aus- und Einmarsch der Häftlinge überwacht. Das immerhin wertete das Gericht als Beihilfe zu einem Verbrechen.

Grote bat darum, einen gewissen Marek Rogalski als Zeugen zu laden, mit dem zusammen er die Vogelwelt in Oświęcim erforscht hatte. So sehr das Gericht auch suchte, Marek Rogalski war nicht aufzutreiben. Ein Gerücht wollte wissen, er sei nach Amerika ausgewandert, um dort eine weibliche Person mit langen schwarzen Haaren und einem runden Gesicht wiederzusehen.

Ines Grote schrieb an die Polish War Crimes Mission einen langen Brief, in dem sie die tadellose Haltung und Gesinnung ihres Mannes hervorhob, auch auf die vier unmündigen Kinder hinwies, die auf ihren Vater warteten.

Der Brief kam zu spät. Das Gericht verurteilte Grote zu acht Jahren Gefängnishaft in Montelupich. Bald meldeten sich, von Ines Grote alarmiert, Ornithologen aus England und den Niederlanden, die darum baten, dem verdienten Wissenschaftler die Freiheit zu geben. Seine Strafe wurde auf drei Jahre herabgesetzt, Hans Grote kam vorzeitig nach

Hause. Er lebte in der angenehmeren Hälfte des 20. Jahrhunderts am Ufer des Rheins, wo er zu einer Koryphäe der ornithologischen Wissenschaft aufstieg.

Krakau, April 1948

Liebe Ines,

Krakau wäre eine schöne Stadt, wenn es nicht dieses Gefängnis gäbe. Jeden Tag denke ich an Dich und die Kinder, hoffentlich übersteht ihr die furchtbare Zeit. Ich warte immer noch darauf, dass mein polnischer Gehilfe, der mich während der Vogelstudien in Auschwitz begleitet hat, eines Tages auftaucht und ein gutes Wort für mich einlegt. Ich habe ihn gut behandelt, ich habe während meines Dienstes in Auschwitz keinen Menschen getötet oder geschlagen. Aber was einer persönlich getan oder nicht getan hat, zählt in diesen Zeiten nicht mehr.

Ich hoffe, bald entlassen zu werden. Wenn das geschieht, werde ich nur noch für Euch da sein und für die Vogelwelt.

45.

Bevor Marek Rogalski von Krakau aus die große Reise antrat, besuchte er den Ort zwischen Sola und Weichsel, dem er viereinhalb Jahre seines Lebens hatte opfern müssen. Trotz winterlichen Wetters, fuhr er mit dem Fahrrad, weil er nicht noch einmal am Bahnhof Oświęcim aus einem Zug steigen wollte. Die Stätte war menschenleer, nur ein Mann stand am Eingang, um die Trostlosigkeit zu bewachen. Er hatte ein kleines Feuer entzündet, über dem er seine Hände wärmte, das einzige Feuer weit und breit.

Als Marek sagte, er habe Jahre in diesem Lager verbracht und wolle mal nach dem Rechten sehen, schüttelte der Mann ungläubig den Kopf.

Die in diesem Lager waren, leben nicht mehr, sagte er. Dann führte er ihm die Berge von Menschenhaaren vor, die nicht mehr benötigten Brillengestelle und Schuhe, die die zurückgelassen hatten, die barfuß in die Hölle gegangen waren.

Es sammelt sich einiges an mit den Jahren, sagte er.

Marek durfte die Lagerstraße abgehen zu den Blöcken, die jeder eine eigene Geschichte hatten. An den Wänden fand er verblasste Namen, letzte

Rufe an die Nachwelt. Im Frauenblock hatte sich eine Ilona aus Temeschwar mit einem roten Herzen von dieser Welt verabschiedet.

Birkenau solle er nicht besuchen, dort beginne das Reich des Todes, sagte der Mann.

Marek streifte durchs Gelände wie vor Jahren mit dem Vogelprofessor.

Der Himmel über ihm war leer, die Zugvögel lebten noch in Afrika und warteten auf einen neuen Frühling. In den Bäumen bei Brzeszcze nisteten keine Krähen mehr; Kaninchenspuren im Schnee waren das Einzige, das auf Leben in dieser Gegend hindeutete. Die Teiche fand er eisbedeckt, auch auf der Sola eine dicke Eisschicht. Ja, heute wäre es den Häftlingen ein Leichtes gewesen, über das Eis der Sola in die Freiheit zu laufen. Am Weichselstrom entdeckte er Eisschollen und darauf Möwen, die sich flussabwärts treiben ließen.

Die Wächter der Türme waren geflohen und hatten graue Mahnmale im weißen Gelände zurückgelassen. Einige Betonpfähle lagen flach, ruhten aus von der schweren Last, die sie jahrelang getragen hatten. Der Stacheldraht begann zu rosten. Vom Eingangstor warf er einen Blick auf das Reich des Todes. Die Baracken in Reih und Glied aufgestellt wie Soldaten auf dem Kasernenhof. Verschwunden waren die Schornsteine, es spektakelten keine Krähen mehr. Keine menschliche Spur führte durch den Schnee von einem Haus zum anderen, an der

178

Rampe hatte lange keiner mehr gestanden, den Weg von der Rampe zu den zerborstenen Krematorien war niemand mehr gegangen. Die Eisenbahngleise hatte der Schnee gnädig zugedeckt. Es fehlte jede Spur von Rauch. Die Luft kam Marek ungewöhnlich rein vor, auch der Schnee sah so unschuldig weiß aus, er hätte ihn aufheben und in den Mund stecken können.

Hast du was gefunden?, fragte der Mann an dem kleinen Feuer.

Marek schüttelte den Kopf.

Ich habe es dir gesagt: Es ist das Reich der Toten.

46.

Als der Zug in Frankfurt den Oderstrom über-
querte, begann es zu dunkeln. Weil in der
Stadt keine Lichter brannten, war die Dunkelheit
vollkommen.

Sie haben alles zerstört, sagte der alte Mann, der
Marek gegenübersaß.

Da nicht einmal die Eisenbahnwagen beleuchtet
waren, rollte der Zug wie eine Geisterbahn durch
die Finsternis.

Es gibt kein Licht mehr, grummelte sein Gegenüber.

Eine Amtsperson erschien, die eine Taschenlampe um den Hals gehängt hatte. Der Lichtkegel tat
Mareks Augen weh.

Die Fahrkarte bitte!

Meine Verlobte hat für mich bezahlt, sagte Marek
und reichte der Amtsperson die Dokumente.

Jetzt wandte sich der Lichtkegel den Papieren zu.

Aber Fahrkarte muss sein, sagte die Stimme.

Sie kam ihm bekannt vor, diese Stimme.

Fahrkarte muss sein! Ordnung muss sein! Befehl
ist Befehl! Das hatte er alles schon einmal gehört.
Die Stimme verabschiedete sich mit der Drohung,
sie müsse Erkundigungen einziehen.

Sie haben alles kaputtgemacht, sagte der Mann gegenüber.

Wer?, fragte Marek.

Na, die Russen, die Amerikaner, die Engländer …, alles kaputt.

Auch die Deutschen?

Ja, auch die Deutschen.

Konnte es sein, dass sein Vogelprofessor, für den er Vögel gezeichnet und präpariert hatte, in anderer Uniform nun der Deutschen Reichsbahn diente? Wenn er mit den Papieren zurückkehrt, wird Marek ihn fragen, was aus der Vogelwelt von Auschwitz geworden ist.

Berlin ist auch zerstört, Sie werden es sehen, wenn wir durch die Stadt fahren. Kein Stein steht auf dem anderen.

Kennen Sie Auschwitz?, fragte Marek.

Den Namen habe ich noch nie gehört, antwortete der alte Mann.

Nach einer Weile, in der sie beide in die Dunkelheit gestarrt hatten, fragte der alte Mann: Ist ihr Auschwitz auch so zerstört?

Es ist ein Friedhof, weiter nichts, antwortete Marek.

Er schloss die Augen und hörte auf das Rollen der Räder. Es waren die gleichen Räder, die kreischend auf dem Bahnhof Oświęcim zum Halten gekommen waren. Das gleiche Stampfen der Lokomotive, nur der Rauch, den die Lokomotive über

die Dächer des Zuges pustete und der durch
undichte Scheiben ins Innere des Wagens drang,
schien anders zu sein. Reiner Kohlenrauch, weiter
nichts.

Was habt ihr angerichtet?, wird Marek den Mann
mit der Taschenlampe fragen.

Ach, es waren schlimme Zeiten, wird er antwor-
ten. Die Welt war aus den Fugen geraten, was konnte der Einzelne dagegen ausrichten?

Weiter nichts, nur die Welt war aus den Fugen
geraten.

In Berlin verließ sein Gegenüber den Zug.

Hamburg ist auch zerstört, sagte er. Sie werden es
sehen.

Marek blieb allein im Abteil und hatte Zeit,
darüber nachzudenken, ob er den Menschen er-
drosseln sollte, wenn es denn der Vogelprofessor
Grote wäre. Er könnte das Fenster öffnen und die
Leiche hinauswerfen in die zerstörte Landschaft
ohne Licht. Damals fand er keinen Grund, ihn zu
töten. Heute wüsste er einen Grund. Es waren
die viereinhalb Jahre, die er ihm genommen hatte. Grote hätte ihm die Freiheit verschaffen
können. Dass er es nicht getan hat, war seine
Schuld.

Marek öffnete den Schuhkarton und betrachtete
seine Bilder.

Auf halber Strecke zwischen Berlin und Hamburg erschien die Taschenlampe wieder.

Der Lichtschein fiel auf den Schuhkarton. Der Mann von der Bahn blickte ihn fragend an.

Das sind die Vögel, die ich in Auschwitz gezeichnet habe, sagte Marek. Es sind meine Vögel von Auschwitz.

Sie befinden sich im Transit nach Bremerhaven, sagte die Stimme.

Nun kamen ihm Zweifel, ob es Grote war. Marek sah die Hand, die die Taschenlampe hielt, ein eiserner Haken wie eine Vogelkralle.

In dieser Gegend sieht man im Frühjahr viele Kraniche auf der Durchreise, sagte Marek und zeigte hinaus in die Finsternis.

Anfang Februar fliegen noch keine Kraniche, antwortete die Stimme.

Kennen Sie sich aus in der Ornithologie?

Wir haben anderes zu tun, als uns um Vögel zu kümmern, antwortete die Stimme.

Bis zum Ellenbogen reichte die Prothese mit dem eisernen Haken. Marek beobachtete, wie geschickt er damit umging. Als der Lichtschein der Taschenlampe kurz das Gesicht des Mannes streifte, sah Marek, dass er auf der Oberlippe ein Bärtchen trug, wie es längst aus der Mode gekommen war. Also doch nicht Grote. Erleichtert lehnte er sich zurück. Er brauchte ihn nicht zu töten.

47

Im Morgengrauen erreichte er die Stadt, die so zerstört war, wie es der alte Mann gesagt hatte. Die Bahnhofsmission schenkte ihm eine Konservendose Suppe ein, danach saß Marek auf dem Bahnsteig und wartete auf einen Zug, der ihn nach Bremen und Bremerhaven bringen sollte. Der Kohlenrauch, der aus den Schornsteinen kroch, sich mit Wasserdampf vermischte und durch das zerstörte Dach in den grauen Himmel floh, war ihm ein angenehmer Geruch.

Über den Kartenknipserhäuschen baumelten kleine Lämpchen, Glühwürmer in der tristen Bahnhofsdüsternis. Pausenlos rollten Güterzüge durch den Bahnhof, die weiter nichts transportierten als schwarze Kohle.

Es setzte sich einer zu ihm auf die Bank, legte die Krücken beiseite und fragte: Wo kommst du her, Kamerad?

Aus Auschwitz.

Und wo willst du hin?

Nach Amerika.

Wie gut, dass ich nur das Bein verloren habe und nicht den Verstand, murmelte der Mann, griff nach seinen Krücken und machte sich eilig davon.

In zwölf Tagen wird Elisa ihn vor der Freiheitsstatue empfangen. Sie wird ein weiß-rotes Fähnchen schwingen, daran wird er sie erkennen. Am Abend wird sie Beethoven und Mozart spielen und um Mitternacht Chopin.

Als er das Schiff betrat, die ersten schlingernden Bewegungen verspürte, rebellierte sein Magen. Er flüchtete zum Heck und gab alles, was er im Leibe hatte, in den träge fließenden Strom. Sein Magen beruhigte sich erst, als das Schiff auf hoher See war und die letzten Leuchtfeuer Europas erloschen.

In New York angekommen, erfuhr er, wie Elisa es fertiggebracht hatte, aus dem brennenden Europa herauszukommen und nach Amerika zu fahren. Wie sie im Juli 45 zu Mister Burns ging und ihn bat, in Krakau oder Auschwitz nach einem Marek Rogalski zu forschen. Und dass Mister Burns ihr versprach, die amerikanische Vertretung in Warschau einzuschalten … Aber das wäre eine neue große Geschichte.

Für unsere Geschichte brauchen wir nur noch die kleine Begebenheit, die sich im Dezember 45 in Krakau zutrug. Vor der Tür stand ein Milizionär und fragte: Sind Sie Marek Rogalski?

Der bin ich.

Der Milizionär überreichte ihm einen Umschlag.

Darin sind wichtige Dokumente, sagte er. Einreisepapiere, Fahrkarten und hundert Dollar in bar. Das Schiff ist ein Truppentransporter, der Anfang

Februar voll beladen mit Displaced Persons von Bremerhaven nach Amerika fahren wird.

Marek musste den Empfang der wichtigen Dokumente bescheinigen.

An der Tür drehte sich der Milizionär um und sagte: Es gibt wirklich noch Frauen, denen man ein Denkmal errichten sollte.

Krakau, Dezember 1945

Hallo Elisa,

Dein Marek lebt noch, wenn ihm auch fünf Jahre des Lebens gestohlen wurden. Wie hast Du es fertig gebracht, dieser Hölle zu entkommen? Und sogar nach Amerika! Ein Wunder ist es, dass Du mich in all den Jahren nicht vergessen hast. Ich werde mich beeilen, zu Dir zu kommen, damit uns nicht weitere Jahre gestohlen werden. Schön wäre es, Dich am Hafen zu sehen. Wenn Du ein weiß-rotes Fähnchen schwenkst, werde ich Dich gleich erkennen.

So endete die sonderbare Geschichte des Marek Rogalski, die sich in der ersten, der traurigen Hälfte des Jahrhunderts zugetragen hatte. Die Flüsse Weichsel und Sola trugen weiter Wasser von den Bergen zum Meer und umspülten den großen Friedhof. Die Luft war rein und klar, die Winde kamen vorzugsweise aus Westen und verloren sich jenseits der Königsstadt in den östlichen Weiten. Zugvögel kamen und gingen. Aus aller Welt reisten Menschen an, um zu sehen, was sie nicht glauben konnten. Auch Hans Grote kam Jahre später mit einer internationalen Biologengruppe nach Krakau. Den Abstecher nach Auschwitz unternahm er allein. Dort stand er vor dem Lagertor und fragte sich, ob es ein anderer Mensch gewesen war, der in den Jahren 40 bis 42 das getan hatte, was damals Dienst und Pflicht genannt wurde. Nach Birkenau ging er nicht.

Nahe Albany im Staate New York wurden in den Fünfzigerjahren zwei Kinder geboren, die den Namen Rogalski trugen. Als sie erwachsen waren und nach Europa reisen wollten, um die Orte zu besuchen, an denen ihre Eltern gelebt hatten, verbot ihnen der Vater die Reise.

Ende

Nachwort eines Biologen

Im Sommer 2004 stieß ich im Deutsch-Russischen Haus in Kaliningrad auf Arno Surminskis Buch »Sommer vierundvierzig«. Es geht in dem Roman um den Untergang meiner Heimat Ostpreußen, den ich miterlebt hatte. Das Buch packte und fesselte mich sofort, und ich habe es noch dort, im heutigen Russland, zu Ende gelesen. Schon in »Sommer vierundvierzig« spielten die Vogelwelt und die Vogelwarte Rossitten auf der Kurischen Nehrung zentrale Rollen.

Ich habe dem Autor später ein Exemplar des Vortrags geschickt, den ich zum fünfzigjährigen Bestehen des Verbandes Deutsche Biologen gehalten und in dem ich einen sehr bekannten und auch von mir verehrten Ornithologen erwähnt habe, der als SS-Mann in Auschwitz eine wissenschaftliche Studie über die Vogelfauna der Gegend veröffentlicht hatte.

Mich selbst, den Biologen, hatte diese unerhörte, ja geradezu »unglaubliche« Geschichte tief getroffen, und ich habe versucht, Einzelheiten zu erfahren. Ich fand sie in einem Buch über »Wissenschaftler in turbulenten Zeiten« des gebürtigen Polen Eugeniusz Nowak und besprach das Werk in einem

Artikel »Auf infernalen Spuren« in der Zeitschrift »biologen heute«*. Den Schriftsteller Arno Surminski bestürzte die fast undenkbare Konstellation Auschwitz/Ornithologie auf andere Weise. Er wollte das außergewöhnliche Spannungsfeld ausleuchten und begann sich zu fragen: Was kann sich damals abgespielt haben?

Zwei Gestalten kamen ins Spiel: der Ornithologe und sein polnischer Gehilfe – abkommandierter Bewacher und unschuldiger Lagerhäftling. Und die »Vogelwelt« sollte natürlich glaubwürdig auf die Bühne kommen. Dem Biologen fiel es zu, auf eine Balance zwischen »Richtigkeit« und dichterischer Freiheit zu achten. Das Singen der Buchfinkenweibchen war zu streichen, und Kiebitze können nur in der Phantasie wie Schwalben auf einer Telefonleitung, auf dem Stacheldraht des Lagerzauns sitzen. Aber die Krähen mussten bleiben, selbst wenn es da keine Klarheit gab, ob es Saatkrähen hätten gewesen sein können oder nicht. Sie waren als Metapher unverzichtbar.

Dann die beiden Hauptpersonen. Der Phantasie des Schriftstellers kam entgegen, dass man über den

---

* E. Nowak stellte mir für Surminskis Novelle verschiedene Dokumente zur Verfügung, darunter eine Kopie des in der Novelle abgedruckten »Kommandantursonderbefehls« des Lagerkommandanten Höß, vom 9. Juni 1941, zum Abschießen von Vögeln, Baden, Angeln und anderem im Bereich des KZs Auschwitz.

polnischen Assistenten wenig wusste. Der Ornithologe aber, über den viel mehr bekannt war, musste – auch zum Schutz seiner Angehörigen – verfremdet werden und erhielt eher schematische Konturen. Sein Innenleben offenbart sich hauptsächlich in den Reflexionen seines polnischen Helfers.

Das »Aufarbeiten« von Vergangenheit hat zwei Aspekte: Was geschah wirklich? Und was kann in den beteiligten Menschen vorgegangen sein? Neben den an die Fakten gebundenen historischen Rechercheuren müssen gerade für den zweiten Aspekt die ungebundenen, »freien« Dichter zu Wort kommen. Surminski hat einen Anfang gemacht und damit auch mir einen Dienst erwiesen. Nicht zuletzt wegen der deutschen Schuld von Auschwitz haben wir beide – er und ich – unsere ostpreußische Heimat verloren.

Martin Bilio,
Königstein (Taunus),
Dezember 2007

Werner Schneyder
Krebs

Literarisch, schonungslos, überaus bewegend!

Krebs – nach diesem Befund werden das Leben von Werner Schneyders Frau und eine Lebenspartnerschaft der Medizin überantwortet. Persönlich, offen, ohne Pathos, aber mit der tiefen Verzweiflung desjenigen, der dem geliebten Menschen beim Sterben zusehen muss, erzählt Schneyder von den letzten zwei gemeinsamen Jahren mit ihr. Er stellt die Fragen, die in Momenten des Glücks niemand auszusprechen wagt: Welche Maßnahmen sind überhaupt sinnvoll? Welche nur Quälerei? Ist Leben um jeden Preis wirklich noch Leben? Haben wir zu sterben verlernt?

»Das ist ein wichtiges Buch!«
　　　　　　　　　　　Dieter Hildebrandt

160 Seiten, ISBN 978-3-7844-3127-7
Langen*Müller*

Lesetipp

BUCHVERLAGE
LANGENMÜLLER HERBIG NYMPHENBURGER
WWW.HERBIG.NET